Sur l'auteur

Damien Peynaud a grandi dans le sud-ouest de la France. Il a longtemps exercé le métier d'opérateur projectionniste, puis celui de directeur de cinéma après un passage par la Femis. Diplômé en création littéraire à Paris VIII, il mène désormais une recherche-création au sein de cette université. *Les Crédits* est son premier roman.

Du même auteur

« Ranger Pépé » dans *La Relève #1*, collectif, Notabilia, 2023

LES CRÉDITS

Damien Peynaud

LES CRÉDITS

roman

NOTABILIA

ISBN : 978-2-88983-132-6

Pour Clémence et Louison,
à notre petite troupe.

« Je ne tiendrais tout cela pour vrai que si c'était un film. »

WERNER HERZOG,
Sur le chemin des glaces

Il n'y a pas de cadeaux. Il n'y a jamais eu d'argent. Il ne faut s'attendre à rien. Je ne suis pas là pour ça. Nous quatre. Ma mère, mon père, mon frère et moi. Le plat de mes mains rencontre le plat de la table. Nous sommes sur un plan égal, dans la salle à manger où l'on ne mange jamais. Le repas est fini, le réveillon de Noël bouscule nos habitudes. Qui a proposé de regarder les vieilles photos ? Je n'en regarde plus aucune depuis des années. Je ne me retourne plus. Je prends une image, elle reste dans l'appareil. Je la transfère sur un disque dur. Je ne la regarde pas sur un écran. Je ne l'imprime pas. Je ne la glisse pas avec précaution sous le papier de soie ou le film plastique translucide d'un album à la reliure en toc. Je ne fais pas ça.

À quel âge me suis-je désintéressé de *l'avant* ? Comme d'autres enfants, je feuilletais les pages rigides d'un ensemble de grands livres sans verbes dispersés dans notre appartement, le salon de la grand-mère, celui des grands-parents, chez les tantes. Sans me lasser, je tournais les mêmes pans de l'histoire familiale, je plongeais dans les profondeurs de vieilles boîtes à biscuits remplies de petits formats noir et blanc aux bords dentelés, en quête de souvenirs inédits. Voir le visage de mes parents enfants. Ne pas les reconnaître immédiatement, avoir un doute, demander confirmation. Être surpris que ce soit vraiment eux. Je répétais les mêmes recherches et feignais la surprise des mêmes découvertes. Je posais des questions. Je voulais des commentaires. Je demandais à m'élever au niveau des adultes, à incorporer un volume de passé suffisant pour les comprendre.

BERTHIER

Mon père ouvre le tiroir du vieux bahut où sont entassées nos images. Le meuble épais, vermoulu, recouvert de plusieurs couches de lasure trop sombre, a dû voir naître bon nombre de mes ancêtres, d'une branche ou d'une autre, que je ne connais pas et dont personne ne parle. Il ne subsiste d'eux que quelques bribes de traits de caractère, des traces d'anecdotes. Les noms sont oubliés. Aucune silhouette. Les photos du tiroir se bornent aux deux générations précédant celle de mes parents. L'impression des visages sur le papier a pallié la paresse de la mémoire orale. Ici, chez moi, le souvenir commence dès lors qu'il figure sur un support.

Le bahut craque de toutes parts, mais il tient encore. Il craque aussi dans le silence et la nuit. Tout ce qui est rangé derrière le battant du bas est inutile. Le bahut ne vaut que pour le tiroir du haut, qui glisse très mal. Son poids est incalculable. J'aurais pu donner des conseils à mon père sur la meilleure façon de l'ouvrir : il faut le soulever légèrement pour y parvenir, après quoi il s'affaisse brusquement. Surtout ne pas le tirer complètement. Nous ne l'avons jamais vidé pour chercher les raisons de son mauvais fonctionnement et tenter de le réparer. Sur quelle pièce repose-t-il pour glisser ? Je n'en connais pas le nom. Est-elle faite d'un bois brut plus dur que le reste du meuble pour porter depuis si longtemps une telle masse ? J'imagine, en fermant les paupières, la multitude d'allers et retours qui la creuse patiemment. Mais je m'arrête avant la rupture. Personne ne se risque à aller jusqu'au bout. Quand nous voulons accéder à ce qui se trouve au fond du tiroir, nous baissons la tête, tendons le bras, et cherchons de la main. Mais ce soir, mon père n'a pas besoin de fouiller si loin.

Du contenu de ce tiroir, je connais la forme : quatre ou cinq albums empilés au fond à gauche ; à droite, les photos de classe de mon frère et moi dans leurs chemises cartonnées de tailles inégales ; à l'avant, dans les espaces encore vacants, quelques boîtes de diapositives, de nombreux paquets de photos, surtout, avec leurs négatifs dans des pochettes dépareillées. Les pochettes sont tassées et alignées les unes contre les autres, tels des petits pains, debout sur leur tranche. C'est l'unique méthode de classement. Pour en connaître le contenu, il faut desserrer l'étau d'une main pour saisir l'une des pochettes de l'autre, l'ouvrir et éplucher alors les photos comme un jeu de cartes. Je dois ensuite faire appel à ma mémoire pour apprécier ce que je vois, puisque rien n'est indiqué au dos des clichés – mis à part les logos aux couleurs criardes des multinationales de l'industrie photographique, Fujifilm, Agfa, Kodak. Ni lieu, ni date, ni légende.

Pour qui découvrirait l'ensemble des contenus dans les contenants du tiroir, il serait facile de deviner la lassitude qui a gagné mes parents au fil du temps. Les photos du début, de fiançailles, de mariage, de naissance, de baptême, des premiers anniversaires, des premières vacances d'été, des premières promenades, sont soigneusement collées, classées et annotées dans des albums. Celles de *l'après*, majoritaires en nombre, sont restées dans leurs pochettes, et semblent tout juste sorties de la boutique. Mes parents ont poursuivi année après année leur effort d'acheter des pellicules vierges ou des appareils photo jetables pour chaque grande occasion, ils ont pris le temps d'aller déposer le matériel chez le photographe, d'y revenir chercher les photos développées après leur journée de travail, de payer et de rentrer, pochettes en main, à l'appartement les regarder avec mon frère et moi pendant le repas du soir. Ils ont continué de photographier nos vies sans plus prendre le soin d'archiver et de construire notre mémoire comme auparavant. Ces souvenirs-là avaient-ils moins d'importance ? À partir de quand le désir de célébrer leur foyer s'est-il évanoui ?

Les photos filent sur la table et se superposent. Ça commence à irriter ma mère. Elle demande à mon père de ne pas en sortir davantage. C'est assez selon elle. Mon frère regarde les images sans curiosité apparente. Ma mère et mon père ont un drôle d'air. Autour de la table, ils sont désormais tous les trois sans visage. Ils l'ignorent, mais ils se sont dispersés, éparpillés dans le temps et l'espace pour un temps que seul je déterminerai. Ma mère, mon père, mon frère vivront sans visage jusqu'à ce que je puisse revoir ceux d'aujourd'hui.

Apparaît cette photo inconnue de mon frère et moi. Je ne me souviens ni d'elle ni du moment vécu dont elle a pris la place. Je croyais tout connaître du tiroir, je pensais qu'il ne recelait que des secrets éventés. Je suis seul à la voir.

Les photos de ce type sont un peu incurvées. J'imagine le morceau découpé d'un grand rouleau d'images. Je la retourne. *This paper manufactured by Kodak* imprimé de biais, répété à intervalles réguliers dans un gris d'imitation de filigrane sur fond blanc satiné. Mon bras s'actionne. Approcher, reculer. Je la pèse dans ma main, la tords légèrement entre le pouce et l'index pour tester sa résistance. J'enfonce les coins très pointus du papier dans la pulpe molle de mes doigts. Peut-on utiliser le mot « papier » pour évoquer la matière d'une photographie ? La surface de l'image est finement granuleuse. Elle brille avec discrétion. De la chimie au service de la poésie. La photo s'impose au milieu des autres. Elle les écrase de façon définitive, elle les avale. Les réduit à sa propre essence. J'ai soudain le pressentiment qu'elle dit tout du présent et du passé, peut-être même de l'avenir.

La hauteur dépasse la largeur. Le format portrait classique de la photo domestique, 10 × 15, sans marge. L'image est resserrée sur un centre, les éléments qui la composent s'y réfèrent pour entrer dans le cadre. Mon frère à gauche, moi à droite avec une tête de moins que lui. Nous sommes loin. Nous sommes petits. La paire de lunettes rondes en plastique blanc transparent que j'ai sur le nez correspond à celle de mes photos de classe de maternelle. Nous sommes donc aux alentours de l'année 1987. C'est une information très importante.

Mon frère doit avoir neuf ans, moi, cinq. C'est une journée d'hiver ensoleillée. Il n'y a pas d'oiseaux. Rien ne chante. Le ciel n'a pas de couleur. Il est saturé d'un fatras de végétation décharnée. Les lignes de la forêt tissent une toile de fond dépourvue d'horizon. J'ai beau scruter avec minutie, je n'arrive pas à trouver le point, l'image est plongée dans un flou infime. Nos visages, les branches d'arbres, les brindilles, les troncs, le lierre, les feuilles mortes, la mousse, l'écorce, nos vêtements colorés, nos mains, l'obscur des ombres étalées, le gris clair jauni par les rayons du soleil, aucun détail n'est complètement net. Un enchevêtrement de strates se détache d'une profondeur vague.

Mon frère et moi sommes debout devant le gigantesque tronc d'un arbre. Un vieux roi de la forêt sans doute. Sa circonférence mythique recouvre presque la largeur de l'image. La photo le coupe, me cache ses branches déployées. Je vois seulement les plus basses, les plus récentes, les plus fines longueurs de tentacules secs se faufiler autour de nous. Le tronc est menaçant, il surgit de derrière pour nous engloutir. Nous engloutit. Les rides de son écorce se creusent profondément. Tortueux, tordu, plein de gros nœuds, de moignons et de boursouflures, il a été amputé à plusieurs reprises. Une de ses branches, sans doute la plus massive, son bras droit, gît à terre entre mon frère et moi. J'aperçois un peu de la blessure du tronc d'où elle provient, les lambeaux de fibres arrachées qui pendent. Elle est au sol depuis longtemps si l'on en croit la mousse et le lierre qui la recouvrent, on pourrait la confondre avec une des racines géantes qui émergent çà et là. Elle entre dans la photo par le premier plan et serpente jusqu'à l'endroit où nous posons, croît progressivement pour former entre nous deux un rempart. Son épaisseur nous éloigne. Elle s'extirpe du dessous d'un tapis de feuilles mortes froissées, de mousses filandreuses, de lierres indélébiles. Nos pieds sont cachés. Nous sortons de terre, raides, droit plantés, parallèles, face à celui qui prend la photo. Face à vous. Nous sommes alignés sur le tronc d'arbre et la branche, tous les quatre sur le même axe. La branche morte est dans l'ombre, le tronc est dans la lumière. Je suis dans l'ombre, mon frère est dans la lumière.

J'ai dit que le ciel n'avait pas de couleur, le peu de ciel qui perce le mur de la forêt. Les couleurs sont sur nous. Elles viennent de la mode, des textiles synthétiques, des petites mains et du coton pas cher du bout du monde. Suivent-elles le goût de ma mère ? Le niveau de son pouvoir d'achat ? Leur contraste nous maintient dans les regards. Certaines sont fluo. Tout était facilement fluo à l'époque, même un de nos meubles. Fluo chic ou fluo à la traîne, un cycle du fluo qu'il faut savoir embrasser. Il revient par période dans les magazines et les rues piétonnes des centres-villes, avec une nouvelle nuance à décoder, violente et arbitraire. Associer du fluo à d'autres coloris est toujours risqué. Porter des teintes vives, un élément de survie en milieu hostile ou un stigmate. Ma mère ose nous habiller avec des couleurs fortes que je refuserais de porter aujourd'hui, nous sommes encore des enfants sages.

Du jaune feu, de l'orangé sur le blouson de mon frère. Une large bande ensoleillée sur toute la longueur de chaque manche. Du jaune sur le rabat des deux poches de devant. Des lettres d'un jaune plus clair sur mon pull-over. Un *S* majuscule, un *m* et un *u*. Les dernières lettres sont cachées par mon blouson. Du jaune sur le col de mon pull-over. Une large bande noire sur le bonnet de mon frère, comme l'ombre. Rouges, le bas de jogging de mon frère, nos blousons, nos bonnets. Nous sommes très visibles au milieu du cadre chromatiquement plat. Ailleurs le noir et le blanc : le blanc éclatant du visage et des mains de mon frère dans la lumière.

C'est l'hiver, il fera bientôt nuit. Le jaune ne survit pas. Le noir et le blanc ne sont plus des couleurs. Les gris ne sont plus des couleurs. Il n'y a réellement qu'une seule couleur. Le rouge que nous revêtons. Sommes-nous vivants ? Sur / dans / hors la photographie ? Nous portons du rouge et nous nous détachons du vide du noir et du blanc. Le rouge n'est plus riche. Nous sommes les déchus. Vous le savez, il y a forcément du vert, le vert de la forêt, habituel, intuitif, mais ici, il s'apparente au gris. Ce n'est pas le vert vivant de la belle saison. Le rouge, lui, restera.

Nos joggings n'ont pas de trous aux genoux. C'est étonnant, nous tombions souvent en jouant ou en courant, surtout mon frère. Il était plus libre avant. Ma mère aimait assortir nos vêtements, même des joggings abîmés. Elle se mettait en colère en le voyant revenir de l'école avec le jogging neuf déjà troué. Je ne m'en souviens pas mais j'ai été témoin de ça. Avant de prendre le risque de faire la même erreur que lui, je suis devenu prudent. Je prenais soin de mes affaires et de ne pas tomber sur les genoux. Mais c'était impossible. La plupart de nos joggings étaient rapiécés à cet endroit. Sur nos genoux, ma mère façonnait malgré elle de petites mosaïques, des héros de dessins animés y côtoyaient animaux ou voitures Majorette. Quand elle manquait de pièces, un amas de fil à coudre noir venait tordre et cicatriser le tissu. Les bas de jogging que nous portons sur la photo devaient être réservés aux sorties du week-end. La photo a certainement été prise un dimanche, dans l'après-midi. Nous sortions rarement le matin. Ce n'est pas une photo de vacances, nous ne sommes jamais partis en hiver. C'est une photo de promenade familiale dans la forêt avant la reprise de l'école et du travail, le lendemain. Nous sommes surveillés. Surtout, pas de trous.

Sur mon pull-over, les lettres *r*, *f* et *s* manquent pour lire le mot *Smurfs* ou *The Smurfs*. Le *The* étant sans doute aussi caché par mon blouson, quelque part à gauche du *S* majuscule. Je connais ce mot, ce nom, je l'ai vu sur une affiche de cinéma. C'est la traduction américaine du nom *Schtroumpf*. Tout le monde connaît les Schtroumpfs. Dans le monde entier, c'est avéré. Le site smurfbusiness.com de la société belge IMPS, pour International Merchandising, Promotion & Services, gérée par les héritiers de l'empire Schtroumpf, annonce un taux de notoriété mondiale de plus de 95 % – part de la population interrogée ayant cité les Schtroumpfs dans une catégorie de questions donnée. Si vous ne connaissez pas les Schtroumpfs, vous faites partie des 5 % restants. Vous faites partie d'une minorité.

Quelles questions ont bien pu permettre d'obtenir un tel résultat ?

– Citez le nom de votre bonbon Haribo favori ?

– Quelle série limitée de Kinder Surprise avez-vous le plus appréciée ?

– Quel est ton meilleur souvenir de cadeau offert dans les boîtes de céréales Kellogg's ?

– Quels sont les personnages de fiction qui incarnent selon vous le mieux les valeurs d'amitié, de respect, de bien, de diversité, de créativité, d'amusement, d'esprit de communauté, de confiance en l'avenir, d'aventure et d'éducation ?

– As-tu déjà lu un album des Schtroumpfs ?

Non, jamais. Je n'ai jamais lu aucun album des petits bonshommes bleus à bonnets blancs, pourtant je porte un pull-over à leur nom. Je me suis fait avoir. Je suis l'enfant qui croit que les poissons dans l'océan sont carrés comme les panés dans le congélateur. Qui a réellement lu les Schtroumpfs ? Dans le dessin, dans le texte. Sont-ils vraiment nés dans les albums, dans l'art ? L'image des Schtroumpfs et celle de son auteur sont rigoureusement contrôlées. La page Wikipédia du dessinateur Peyo, le créateur des personnages, est de celles qui sont labellisées « bon article ». Ce type de repère est satisfaisant quand on cherche des informations sur Internet.

Je vois une campagne de fidélisation allemande des supermarchés Lidl associée à l'image des Schtroumpfs – les Belges parlent de « campagne de loyauté » : des petites filles portent les T-shirts offerts en cadeau, du même gris que mon pull-over. Dessus, le personnage de la Schtroumpfette avec le mot *Smurfy* écrit en rouge. Le col est rose. Schtroumpfant ? Schtroumpfé ? Schtroumpfy ? Elles ont le même âge que moi. Elles sont métisses, elles sont blanches, elles ont les yeux en amande, elles ont les cheveux bouclés, elles sont mondiales, elles rient la bouche grande ouverte. Elles n'ont pas d'album des Schtroumpfs dans les mains. Elles ne sont pas en train de lire.

J'ai longtemps regardé à la télévision l'adaptation en dessins animés des studios américains Hanna-Barbera, j'ai joué avec les figurines fabriquées par la marque Schleich et avec leur maison champignon rassurante en plastique, et avant même de savoir qui ils étaient, j'avais un pull-over Smurfs avec des lettres de couleur jaune et pas bleue. Le bleu ne ressort pas sur le gris. Pourquoi pas plutôt du rouge, puisqu'au moins le bonnet et la culotte du Grand Schtroumpf sont rouges et assortis à mes autres vêtements ? Le plus probable est que ce pull soit arrivé par une autre voie que celle de mes parents. C'est le pull d'un autre enfant plus âgé qu'on leur a donné. Les jouets aussi sont là depuis plus longtemps que moi. Ce sont les jouets de mon frère. Je n'ai pas le souvenir de les déballer de leur papier cadeau ni de leur arrivée dans le coffre à jouets qu'a fabriqué mon père. J'aimerais retrouver les figurines, pouvoir toucher la matière plastique qui se rappellerait immédiatement à mes sens. Ce plastique lisse et lourd d'une industrie qui s'astreignait encore à bien faire pour appeler et fidéliser chaque client. Sentir la rémanence de son âcreté pétrochimique rendue inoffensive par les années. Un plastique presque devenu, contre toute attente, une matière noble, transmissible sur des générations. Mettre les jouets dans leur solide maison champignon pour les revoir en vie. Si je la cherchais, je la trouverais peut-être dans le bahut, derrière le battant du bas, mais je ne m'y hasarde pas.

Je tiens un bâton dans ma main gauche. C'est étonnant parce que je suis droitier. Peut-être ne le savais-je pas encore. Il semble doux, robuste, et d'une section idéale pour être fermement empoigné par ma petite main. J'ai dû patiemment chercher au sol pour en trouver un si parfait entre les feuilles mortes craquantes sous mes baskets. Il est court. La manière dont je le saisis pourrait laisser croire que je viens de m'en servir pour frapper la grosse branche. Est-ce un instrument de jeu, ou plutôt de défense, de pouvoir ? Je n'arrive pas à discerner si ma main droite est nue ou si elle tient aussi un bâton fait du même bois. Dans les deux cas, le bâton ou la main repose timidement sur la branche et je me présente comme au côté d'un trophée de chasse abattu malgré moi. Je n'ai pas une attitude triomphante, je ne suis pas à l'aise dans cette position. Les traits de mon visage ne sont pas remarquables, ils sont ronds. Une mèche de cheveux raides échappés du bonnet recouvre mon front haut. La monture de mes lunettes encercle des yeux impatients qui s'interrogent. J'ai déjà un nez. Mes lèvres charnues sont un brin boudeuses, ou du moins contrariées. J'attends. Mon frère et moi regardons tous les deux très précisément l'objectif de l'appareil. Les lignes convergent toutes. Nous me regardons. Nous vous regardons. Nous sommes dans l'attente.

Accoudé à la table, mon frère remarque que je m'arrête longtemps. Il me demande de lui montrer la photo. Je la lui tends, et il la prend dans ses mains qui ressemblent aux miennes. Il la regarde de près à son tour. Son cou s'allonge, sa tête s'abaisse et son dos se voûte. Il n'a pas de réaction particulière, son visage ne sourit pas. Il me la rend. Il n'y distingue rien parce qu'il n'attend rien d'elle. Il ne voit pas que nous ne sourions ni l'un ni l'autre. Mon frère ne sourit pas. Nous sommes des enfants sages. Même pas une esquisse, un début ou une fin de sourire. Mon frère tient ses mains devant lui, jointes par le bout de l'index et du pouce, peut-être tripote-t-il un petit objet trouvé dans la forêt qui me demeure invisible. Elles sont embarrassées. Il les occupe.

Est-ce que je reconnais mon frère sur la photographie ? Je le reconnais physiquement, ma mémoire d'adulte sait faire le lien entre le frère assis avec moi à la table de la salle à manger et le frère sur la photo. Je ne le reconnais pas humainement : ce frère-là n'existe plus. J'ai oublié l'enfant qu'il était et avec qui j'ai grandi. La vérité de l'adulte a remplacé progressivement celle de l'enfant. On m'a déjà dit que c'est un sentiment normal et partagé par tout le monde. Je reconnais ce garçon, il m'est profondément familier, mais je ne m'en souviens pas. C'est un étranger dont j'ai une intuition. J'imagine son rôle dans ma vie. Je me fais une idée agréable de qui il était. Je ne sais pas s'il reste quelque chose de lui. Où se cache-t-il ? Le fossé est trop grand. Ce frère est mort. Un *autre* frère que je ne rencontrerai plus jamais, un frère fantasmé, rêvé, souhaité, oublié. Un frère que l'adolescence et la vie ne m'auraient pas volé. Un grand frère. Même son visage me paraît lointain, un rêve évanoui qui finalement n'aurait jamais été. Rien ne bouge à sa surface. Son regard est une tristesse vide.

La lumière est sur lui, elle le révèle trop. Le soleil blanc et froid étale son visage. Il est surexposé, sa peau est immaculée, d'une blancheur irréelle. Il est lumineux, les lignes de sa face s'épurent, la peau de ses mains flamboie. Une peau si blanche qu'elle semble traversée par la lumière, puis ses muscles, son sang, la solution chimique de l'image, et les fibres du papier support pour finir sur mes doigts et la table de la salle à manger. Il est surnaturel. La lumière lui confectionne un masque blanc qui recouvre les traits les plus communs de son visage pour n'en laisser surgir que les essentiels, les plus proches de ce qu'il ressent, de ce qu'il pense. Ce masque, je le reconnais et le découvre à la fois. Il me touche personnellement.

Un jour, il fallait être le premier en haut de l'escalier de secours pour rentrer chez nous, dans notre appartement du premier étage. Nous étions un peu plus âgés que sur la photo. Nous avons atteint en même temps le sas qui donnait accès au palier. Deux portes à franchir. Nos quatre mains se battaient pour être les premières sur la clenche. Quand l'un réussissait à avancer une épaule dans l'encadrement, l'autre lui tirait un bras en arrière pour passer sa tête. Nous étions au corps à corps entre rires et épuisement, jusqu'au moment où mes lèvres se sont crispées. J'ai serré les dents et poussé fortement mon frère sur le côté, avec colère, pour franchir la seconde porte le premier. J'ai vu là le masque de mon frère, crainte et résignation. Je ne jouais plus. Lui aurait voulu jouer encore, il en avait besoin. Moi-même j'étais surpris d'avoir eu la force de le battre. Fier, tandis que montait derrière moi l'ombre des premiers remords. Mais je ne suis qu'un maillon dans la chaîne des préjudices. Ce masque, ainsi que tout ce qu'il y a sur et dans la photo, est plus que ça. Il est plus grave et collectif. Ce masque est celui de notre ruine. Sa blancheur n'a rien de pur et d'innocent. Mon grand frère est captif, bloqué dans le temps de la photo. Il ne peut que subir, se constituer prisonnier, victime de sa vulnérabilité. Moi aussi, mais sur mon visage, ça ne se voit pas encore.

Mon père se lasse. Il abandonne le tiroir béant et va s'asseoir sur le canapé pour regarder la télévision. La présentatrice de la météo alerte sur le passage imminent d'une tempête. Le dernier journal télévisé de la journée s'ouvre sur le même sujet : les autorités craignent une répétition de décembre 1999, Lothar au nord, puis deux jours plus tard Martin, au sud. Tout le monde s'en souvient. Micros-trottoirs, images d'époques de l'INA. J'aime l'idée que les archives audiovisuelles sont un peu comme ma mémoire, elles ne sont pas en HD, le grain télévisuel de 1999 s'est déposé sur les souvenirs en cachant son équivalent de vérité.

Nous ne risquons rien dans l'appartement. Les murs prennent trop de place, leur emprise est trop grande pour que l'on craigne une tempête saisonnière européenne, même de type bombe. Nous n'avons à peu près rien à nous au-dehors, pourtant les dégâts potentiels effraient mon père. Il s'inquiète pour les autres, ceux qui ont des objets à perdre, des biens à protéger. Il a toujours cru être l'un des leurs. Ma mère se lève pour voir elle aussi ce qu'on annonce chaque jour depuis une semaine. Elle reste debout derrière le canapé et fixe le défilement des vidéos d'arbres arrachés, de toitures éventrées, l'hébétement des riverains, les chevreuils perdus dans les quartiers pavillonnaires. Il manque le son du vent. Elle se dirige ensuite vers la salle de bain en demandant à mon père de ranger toutes les photos qu'il a sorties du tiroir. Avant d'aller finir la soirée devant la télé, elle va se démaquiller, longuement, elle va se laver les dents, s'inspecter dans le miroir, se passer de la crème sur la figure et les mains. C'est son dada. Son lieu. Sans bouger de la salle de bain, selon son intérêt, elle demande de monter ou de baisser le son de la télévision.

Mon père n'écoute pas, déjà hypnotisé par le défilement des images. Les yeux tendus vers elles. Ses paupières sont presque immobiles. Ma mère répète. Le journal terminé, mon père zappe d'une chaîne à l'autre sans laisser le temps à aucune de s'installer dans son regard, de le convaincre de la qualité de ses programmes du soir. Ma mère demande de baisser le volume. La télécommande en main, il construit un obscur montage d'images et de sons. Rien ne prévaut dans cette profusion de contenus entremêlés. Des bouts de films, des bouts de documentaires animaliers, des bouts de télé-réalité, des bouts de talk-shows, des bouts d'infos en continu, des bouts de sport, des bouts de publicités, des bouts de dessins animés, des bouts. Et tout se vaut. Des bouts de vies, des bouts d'ailleurs, des bouts d'autrement, des bouts de mieux, des bouts d'envies, des bouts de riches, des bouts de sapins, des bouts de cadeaux. Tout déferle, et personne d'autre que lui ne peut voir ce qu'il voit.

Mon père regrette *Culture Pub*, diffusée sur M6 le dimanche, en seconde partie de soirée. L'émission proposait un panorama international de la création promotionnelle. Les spots qui prenaient un angle humoristique étaient ses préférés, il en attendait la chute, le fameux *pay off* : ce court plan final qui intervient juste après la révélation du produit à vendre et qui nous donne l'impression agréable, en clôturant sur la fiction, de ne pas être les cibles d'une propagande, mais les spectateurs d'un film comme les autres où l'emportent une histoire et des personnages. Des acteurs se donnent la réplique à propos des bienfaits d'une purée déshydratée ou du talent d'un fabricant de papier peint, mon père s'amuse autant que devant un dessin animé, il ne peut pas voir défiler au bas de l'écran les phrases en petits caractères, les sigles et les acronymes en majuscules, les astérisques au bout de certains mots, les messages de prévention, pour votre santé, attention, évitez de manger trop gras, trop sucré, trop salé, privilégiez la marche ou le vélo pour les trajets courts, l'abus d'alcool est dangereux pour la santé, tout comme le sont les jeux d'argent et de hasard : pertes d'argent, conflits familiaux, addiction, un crédit vous engage et doit être remboursé, vérifiez vos capacités de remboursement avant de vous engager, sinon le loup vous mangera.

Si j'arrivais à trouver une autre photo qui me bouleverse au moins autant, peut-être l'effet qu'a cette image sur moi serait normalisé, expliqué, et finalement désamorcé : j'aurais éprouvé un sentiment inhabituel mais pas exceptionnel, certainement partagé par beaucoup d'autres que moi, à travers d'autres circonstances. Je pourrais être épargné, éviter le retour du passé. Nous continuons d'échanger les photos, mon frère et moi, sans commentaires ou presque ; elles recouvrent à présent l'intégralité de la surface de la table. Nous ne trouvons rien à en dire, elles ne font qu'illustrer notre vie passée sans nous la faire revivre ni la rapprocher. La table concentre un temps verrouillé. Visages, postures, sourires, vêtements, peaux, regards, au creux des angles droits enchevauchés des rectangles, ne font qu'alimenter pour nous quatre une fin des images.

Mon père semble avoir trouvé sa chaîne. Le son halluciné de la télévision, qui commençait à saturer le vide de la salle à manger, a fini par laisser place à son rire. Mon père rit comme un enfant. Un rire facile, répété, franc ou forcé. Il s'en étouffe, il ne pense à rien d'autre. Ma mère demande encore de baisser le volume. Elle lui demande de ranger les photos. Elle a déjà vu ce film. Trente fois. Par cœur. Mon père s'exécute en riant. Zézette épouse X. *Le Père Noël est une ordure*, comme un Noël sur trois, en alternance avec *Les Visiteurs* ou *Maman, j'ai raté l'avion*. Son rire est communicatif, sa voix qui rit nous distrait, mon frère et moi. Mon père nous fait rire, jusqu'à ce qu'une autre voix le dépasse. Une voix aiguë – mais « aiguë » n'est pas le terme approprié. Il manque un mot pour rencontrer le réel de l'aiguë de cette voix. Le bon mot n'a pas encore fini d'être créé, il reste sur le bout de la langue mais existe déjà dans nos oreilles. Il faudrait le dire en gueulant. Sa forme épouse la voix du comédien, scénariste, producteur et cinéaste Gérard Jugnot lorsqu'il crie, hurle. Maintenant, à la télé, dans les plis des cordes vocales et le costume du personnage raclé de Félix. Hier, dans la peau stridente, traîtresse, incontrôlable, éruptive du Ramirez de *Papy fait de la résistance*, ou dans l'émouvante, la frustrée de Paul, dans *Pour cent briques t'as plus rien*. C'est celle-ci que mon frère s'amusait le plus souvent à imiter. Moi, avec mon timbre prépubère, j'essayais de trouver des fréquences et une tessiture plus fidèles encore pour le faire rire toujours plus. La voix était là, vivante, entre nous deux, à nous. Les mains en l'air. Une voix d'homme, avec les traits de la voix de l'enfant, qui se mélangerait à la sécheresse d'un coup de klaxon et à l'onde insupportable d'une alarme anti-intrusion.

Le cri est drôle. Et le cri est double car, comme son acteur-clown, il est aussi triste. *Berthier, t'es le meilleur. T'es le meilleur, Berthier, t'es le meilleur. T'es un tueur, un tueur,* a killer, a killer *! Que la Force soit avec toi, Berthier,* a kill… En juin 1991, Gérard Jugnot interprète Michel Berthier dans *Une époque formidable…*, son quatrième long métrage. *Formidabilis*, au sens premier du mot : « Qui est à craindre. » Berthier se lave les mains et se passe de l'eau sur la figure au lavabo des toilettes d'un grand immeuble parisien, le siège de la filiale française d'une multinationale qui ressemble à celle dont il vient d'être licencié. Comme d'autres candidats cadres en costume cravate, clones de lui-même mais souvent plus jeunes, il va être appelé pour passer à la moulinette des chasseurs de têtes. En attendant, devant le miroir, il se regarde droit dans les yeux et répète son mantra : *T'es un tueur Berthier, un tueur.* Ici, la voix ne porte pas. Il ne peut pas pousser le cri comique de Gérard Jugnot, coupé dans son élan par les autres candidats qui entrent et sortent des toilettes pour soulager leur peur ou leur excès de confiance. Berthier pointe discrètement l'index vers son reflet. Il tente de se mobiliser à la manière des golden-boys de Wall Street, ça va aller, ça va marcher, l'argent va rentrer de nouveau. Mais Berthier n'est pas assez agressif, il a du mal à croire ce qu'il dit. Il doute, il chuchote. Les mots ne s'impriment pas suffisamment dans sa bouche, sur son visage. Il le sait. Il est au chômage depuis quatre mois et enchaîne les entretiens sans succès. Il le cache à sa compagne, Juliette. La semelle de sa chaussure se décolle, la marche arrière de sa Volvo break passe mal. Dans le grand couloir qui fait office de salle d'attente, les clones-cadres alignés sur les banquettes le regardent, l'entendent, il est déjà une proie facile. Avec cette voix, il ne peut pas décrocher le poste : c'est une voix de tendre, un timbre de faible. Pour eux, il sent déjà la viande morte.

Dans mon souvenir, Berthier dit son mantra face au miroir avec rage. Mais ce n'est pas le cas. Il n'est pas le Travis Bickle de *Taxi Driver.* Ce n'est qu'après l'entretien raté et humiliant, dans le refuge du brimbalement d'un grand huit, à des dizaines de mètres de hauteur, en pleine vitesse, que Berthier s'autorise à crier sans retenue, seul, à l'air libre, dans l'anonymat d'une fête foraine suffisamment assourdissante pour couvrir le cri, pour que personne ne l'entende, pour que Berthier reste comme tout le monde aux yeux de tout le monde. *T'es un* killer, *Berthier, un* killer *!* Dans ces montagnes russes où il a été jeté, il ne joue plus un rôle, il ne parle plus à son avatar du miroir. *J'suis un* killer *!*

Le cri ne me fait plus rire. Plus autant que lorsque je l'avais entendu pour la première fois avec ma mère au cinéma. Je connaissais déjà la voix de Berthier, la voix de Gérard Jugnot. Le cri est demeuré drôle jusqu'au jour où, beaucoup plus tard, j'ai entendu ma mère dire qu'elle s'était tout de suite identifiée. Elle avait pleuré dans le noir de la salle. Trop petit dans le grand siège rabattable du cinéma, je n'avais pas vu briller la lumière des images à la surface de ses larmes. Si je l'avais vue, j'aurais cessé de rire et immédiatement pleuré avec elle, sans savoir pourquoi. Je ne l'avais pas non plus entendue sangloter à la toute fin, lorsque Berthier, devenu clochard depuis plusieurs mois, retrouve lors d'un parfait *happy end* Juliette, la femme qu'il a préféré quitter plutôt que de lui avouer ses difficultés. Sur les conseils de ses compagnons de rue Toubib et Crayon, Berthier décide de revenir vers elle. Il veut faire croire à une rencontre fortuite à l'aéroport où elle travaille pour faire bonne impression. Une valise à la main, il se fait passer pour un voyageur sur le point d'embarquer. Il la croise dans le grand escalier, ils sont seuls au monde. Les mots ont du mal à sortir, alors la valise parle à sa place et s'ouvre. Ne tombe de celle-ci qu'une simple pomme. La pomme roule dans les marches de l'escalier silencieux. Elle roule et tombe un long instant sur chacune des marches, puis s'arrête tout en bas, aux pieds de ma mère. Une pomme rouge. La scène était réelle. Ma mère voyait ce que je ne percevais pas encore mais que mon frère avait sans aucun doute entrevu. Revoir la pomme tomber de la valise de Berthier, bien des années plus tard, m'a permis de comprendre pour la première fois, et mieux qu'aucune autre façon, ce qu'était devenue notre famille. Je n'avais eu jusque-là qu'un regard de l'intérieur, un regard du normal sur notre foyer. Nos vies ne me paraissaient pas encore malheureuses, par rapport à d'autres. Je ne connaissais qu'elles. Dans mon ancien monde d'enfant, seule ma mère était malheureuse, et elle l'était pour une autre raison.

Parfois, certains personnages de cartoons ne veulent pas de la fin des histoires qu'on leur donne à jouer : à mains nues, en s'aidant de tout le poids de leur corps souple, ils tentent de maintenir ouvert le diaphragme de la caméra qui, à l'issue de chaque épisode, se referme d'habitude sur eux. Ce cercle se resserre si vite vers le centre de l'action pour tout recouvrir de noir qu'il coupe parfois les têtes trop oisives avant l'irruption des grosses lettres mouvantes : *That's all Folks !* Les personnages refusent que l'histoire se termine. Pas de cette façon, ils jugent la fin mauvaise ! Il leur arrive d'avoir assez de détermination pour y parvenir. Le cercle s'agrandit et la perspective s'ouvre à nouveau. Les personnages peuvent alors s'émanciper, ils profitent de la faille pour s'évader et dévoiler le manège, s'aventurer au-delà de l'image et nous interpeller dans le désert de l'écran de cinéma.

Si j'agrandis le cadre de la photo, si je le saisis, renverse le format portrait en format paysage, puis tire sur les bords latéraux, écarte patiemment sa trame pour ne rien déformer, ma mère apparaît. Elle est à l'écart, loin de mon frère et moi, loin de l'arbre formidable. Assise sur une vieille souche, la tête basse, le regard perdu à terre, elle est indifférente à la séance de pose en cours. Elle regarde ailleurs et nulle part. Ses traits sont fins, elle est maigre. Comme toujours, elle est maquillée, très légèrement cette fois. Son long manteau presque trop grand est taillé dans un tissu épais proche du feutre, marron ou prune selon qui regarde. Un manteau que j'ai déjà aperçu dans sa penderie, me demandant qui était cette mère qui l'avait autrefois choisi et revêtu. Des boucles d'oreilles très discrètes. Un collier de grosses boules noires et de boules grises brillantes dans le col d'une chemise à petits carreaux que je ne connais pas. Au milieu des herbes brûlées et jaunies par le froid, ses derbys en cuir sont assortis au manteau. Elle fume lentement une cigarette de la main droite, son autre main repose entre ses jambes habillées d'un jean bleu. Des bagues et son alliance aux doigts.

Que faire de sa présence ? Ma mère n'est plus vraiment avec nous. Son père vient de mourir. Je n'ai de lui que de rares souvenirs, des flashs ordinaires comme des rêves de tout le monde : des bonbons à l'épicerie, une main serrée sur un lit de clinique, et il a disparu. Elle est encore trop jeune pour perdre son père, ce n'est pas une question d'âge, elle n'est pas préparée. Elle a déjà vécu le manque, le deuil à plusieurs reprises, mais elle n'a pas encore suffisamment pensé la mort au moment où celle-ci survient. Ma mère est entièrement dévouée à sa nouvelle douleur d'orpheline. Elle est étrangère à tout ce qui l'entoure et n'y participera pas pendant un long moment. Tout ce qui était vivant est sec autour d'elle.

À l'âge de la photo, quand je la voyais pleurer assise sur la cuvette des toilettes porte ouverte, à table devant son assiette tiède, je pleurais avec elle. En l'accompagnant, j'espérais purger plus vite son réservoir de larmes et de bave. Je faisais les choses pour elle. J'essayais de me plier à ce qui lui restait d'envie. Je voulais remplacer ce père irremplaçable, qu'elle le sente près d'elle à travers moi. Il avait de gros sourcils, je voulais de gros sourcils. Il était sanguin, je me fabriquais une réputation de bagarreur à l'école. Il avait un langage fleuri, je dégainais des gros mots très jeune et personne ne me reprenait. Les autres enfants font-ils ça ? Se sentent-ils obligés de le faire ? Un jour de promenade dans un village touristique, j'ai vu dans une boutique d'artisan des porte-clés aux formes des signes astrologiques. Je voulais celui du Lion, comme son père, alors que je suis Taureau. Mon grand-père tué par le cancer, c'était ce Lion. Ma mère a essayé de me dissuader, c'était un cadeau pour moi, pas pour un mort. J'ai insisté, je voulais un attribut de plus dans ma panoplie, ma mère devait croire que j'étais triste pour les mêmes raisons qu'elle.

Pendant ce temps, je ne sais pas ce que faisait mon frère de ce décès. Je n'ai pas le souvenir de l'avoir vu pleurer. Il s'y prenait peut-être d'une autre manière pour la consoler. Il me prenait certainement pour un petit fayot, moi qui pleurais à gros bouillon en chœur avec elle. Il avait raison, j'essayais de me faire aimer pour faire diversion. Ça marchait, ma mère m'aimait. Notre mère nous aimait tous les deux, mais le grand-père n'était plus là pour le voir. Nous n'étions pas assez efficaces, nous ne pesions pas assez lourd dans la balance de l'attachement.

Mon père non plus ne sait pas comment s'y prendre. Il est livré à lui-même, perdu comme Berthier qui sonne à la porte de son propre domicile après son entretien malheureux. C'est Émilie, la fille de Juliette, qui lui ouvre la porte. Le visage de l'enfant s'illumine de joie, elle n'en croit pas ses yeux, un glorieux sourire aux lèvres, elle appelle son grand frère Vincent pour qu'il vienne lui confirmer qu'elle n'est pas en train de rêver. Berthier a fait les magasins. Oui, c'est lui et d'autres comme lui qui les font vivre, pas l'inverse. Il a les bras chargés de cadeaux pour toute la petite famille : des nouveaux rollers haut de gamme pour Vincent, une poupée qui sait pleurer pour Émilie, un tailleur Yves Saint Laurent – objet de désir de longue date – pour Juliette, du champagne pour tout le monde et faire avaler de nouveaux mensonges. Guerlain, Lancel, c'est Noël avant l'heure, il y a du papier cadeau et des sacs de grandes marques. Berthier a acheté du temps. Il veut que sa famille garde l'image qu'elle se fait de lui, maintenir le *statu quo* le plus longtemps possible. Le temps de trouver un autre travail, le temps de rester le cadre dynamique qui gagne de l'argent, l'amoureux doux et rieur, le temps de ne pas être celui qui a des problèmes, le temps de ne pas être différent. Le temps, c'est de l'argent, et il est cher. Le temps est cher. L'argent est cher. Pour acheter du temps, Berthier vend celui de sa famille.

Avant que la porte d'entrée de la maison ne s'ouvre, Gérard Jugnot a intercalé un plan du doigt de Berthier appuyant sur le bouton de la sonnette. Sous celle-ci, le dessin d'un squelette tenant dans ses mains une hache dont le fer est colorié en rose et le manche en vert, le tout sur un grand fond jaune fluo. Épouvantail pour éloigner les colporteurs de son espèce ? Reste de décoration d'Halloween ? Signe prémonitoire du gouffre à venir ? Il faut voir le film plusieurs fois pour saisir ce détail. Arrêter le temps du film et ses images. Berthier a fait l'objet d'un licenciement économique. Ça n'a pas d'importance, c'est la crise pour toujours maintenant, tout le monde y passera tôt ou tard. Berthier est dedans, Berthier est dehors. Demain l'un est dehors, l'autre dedans. Le sujet du film n'est pas le chômage, peut-être même pas la vie à la rue. La Grande Hacheuse sous la sonnette, elle, a toujours un emploi. Berthier a sonné à sa porte et elle s'est ouverte.

Mon père a suivi Berthier. Il fallait se changer les idées. Il fallait se distraire. Il s'est promené sur les mêmes trottoirs de magasins qui donnent de l'amour et il a ouvert la porte. Au début, il avance prudemment dans sa vie de client. Il pèse, il compare. Il achète des meubles et de l'électroménager pour son foyer. Il acquiert une modeste voiture pour sa famille. Ça se passe bien. Il finit par prendre confiance dans son acte de consommation, persuadé de savoir acheter. Il se sent adulte, ses parents n'ont jamais eu de problème en achetant des objets. Quand le Lion meurt, le bonheur se dérobe. C'est l'hypothèse que je formule, le récit brutal sur lequel j'ai besoin de m'appuyer. Les magasins deviennent des refuges. Mon père ne se méfie plus assez. On lui demande de consommer et il veut consommer. Il accumule. Devant ses yeux beaucoup d'images, des objets, des gens avec des objets, des objets qui peuvent faire des choses pour des gens et des gens qui font des choses avec des objets. Ils font des choses indispensables. Mon père ne peut pas ne pas faire comme eux. L'offre est démesurée. L'offre l'offre l'offre l'offre. Les images sont partout, elles sont parfois musiques. Elles se répètent, se renouvellent. Elles sont drôles, elles sont séduisantes, il y pense, il en parle. Elles sont formidables. Il lui en faut plusieurs exemplaires. Impossible de vivre sans. Il acquiesce, il obéit. On lui somme d'acheter, beaucoup ou un peu, le plus possible, tout le temps, partout, n'importe quoi. Il ne sait pas dire non. Il se promène dans la rue. À qui obéit-il ? Il achète. N'importe quoi, tout l'intéresse. Tout est utile, tout est beau. Tout lui fait envie. Il n'y a besoin d'aucune raison, d'aucun sens pour consommer les objets et les images. Il n'a pas à se poser de question. C'est très reposant. Obéit-il ? Il achète. Il ne veut pas être mal vu, mis de côté, hors jeu. Mais il n'a pas assez d'argent. Il veut acheter quand même. On lui demande d'acheter, il doit se maintenir au niveau. Il ne doit pas être largué, en dehors. Il y a encore beaucoup d'objets à acheter. Il pense que c'est possible. Certains ne sont pas d'accord, ils ne veulent pas lui prêter. La limite de confiance est dépassée. Il ne les croit pas, ce n'est pas logique, il va en voir d'autres. Si, c'est possible, on va lui prêter. Ça se fait très bien, il n'y a pas de problème. Ça passe large. C'est cohérent. Emprunter est une bonne manière de gérer son budget. Mon père le savait. Mon père est toujours d'accord avec la dernière personne qui a parlé. Elle sait toujours mieux que lui. Il peut y aller les yeux fermés. Mon père est une bonne pâte. Il valide, il achète, il répond d'accord. Il fait plaisir, il aime faire plaisir, il se fait plaisir. Le plaisir c'est la vie, le désir c'est la vie. Il désire tout. Mon père aime vivre. On lui demande de consommer partout où il se trouve. Tout est unique. Tout est vulnérable. Acheter absolument avant la rupture de stock. Les murs lui demandent. La porte le frappe. La télévision lui rentre dedans. La radio l'hypnotise. Le téléphone l'appelle. Le cinéma le braque. La boîte aux lettres l'étrangle. Les autres savent mieux que lui. Tous ceux qui l'autorisent. Il a. Il fait. Le feu vert. Veut-il bien obéir et choisir ? Ses collègues lui en parlent. Voilà comment il doit faire. Oui, c'est bien, c'est pas cher. Fais-nous confiance, c'est ça qu'il te faut. C'est un signe positif. Quand c'est cher, c'est signe de bonne qualité. Le bon marché est cher.

Les objets sont entrés par la porte de notre appartement, comme chez Berthier. Ils ont pris place. Je ne les ai pas tous vus entrer, mais j'ai vécu leur présence parmi nous. Ils sont devenus notre démesure, ménagère et abordable, petite sœur de celle qui détruit les civilisations. Un inventaire incomplet et impossible du mal ou du bien, à la fois preuves et témoins, des balises qui n'ont pas assez alerté, dont le souvenir trace néanmoins une voie de réponses. Les objets ont tous une histoire, une raison d'être là, et un prix. Mon frère connaît le coût des choses. Peut-être se souvient-il des montants précis ? 1 euro égale 6,55957 francs et 1 franc égale 0,152449 euro. Le juste prix.

0 franc.

À l'entrée de l'appartement se trouve un cagibi. J'aime la sonorité de ce mot, elle me donne le sourire. Elle ressemble à mon père. Dans ce cagibi, il a un placard rien qu'à lui. C'est son espace. On pourrait dire que c'est son bureau. Chaque étagère, une profonde cavité où s'amasse n'importe quoi, tout y est cassé, bizarre, élimé, démodé, mais peut devenir soudain utile et désirable selon l'humeur ou les besoins : des aimants, des roulements à billes, de vieux outils, des clous, une rondelle, des fiches de paie, des joints de robinet, des quittances de loyer, des rustines, une poignée de robinet, des autocollants, un petit moteur électrique, des paillettes, du vernis à ongles, un guidon de vélo… Le cabinet de curiosités d'un chiffonnier qui s'ignore. Mon père l'alimente parfois en fouillant dans ce que les autres jettent. Le local poubelle de l'immeuble est une caverne aux trésors. Tout peut servir puisque tout est nécessaire. Son placard est une construction de l'appétit d'avoir-sous-la-main, une subtile abondance du pauvre. Sa capacité n'est pas illimitée pour autant, de nouvelles choses y pénètrent à condition que d'anciennes le quittent. Je l'ouvrais comme un vertigineux cornet de pochette-surprise : je ne m'attendais à rien, mais je savais que j'allais y trouver des trucs, des machins, d'inépuisables bidules qui allaient me charmer, au moins un instant. L'ouvrir, le considérer d'abord dans son aspect d'agrégat touffu, puis explorer les étagères, fouiller jusqu'au bout pour ne rater aucune merveille. Pour une raison que j'ignore, mon père avait recouvert l'une des étagères d'une fine moquette synthétique aussi douce et rase que celle des tables de casino. Il me semblait, rien qu'en la touchant, que toutes les choses qui y étaient étalées profitaient d'un traitement de faveur. Je considérais et tripotais ces trouvailles avec une gourmandise particulière, me demandant ce que je pourrais en faire, quel jeu leur inventer. J'adorais le tour de magie du placard : non seulement il transformait l'inutile et le périssable en désir immédiat, mais il m'offrait la chance unique, probablement vaine, d'entrevoir le paysage du fourbi inconscient et intime de mon père. Refermer la porte, c'était revenir à un monde équivoque et fade. Mon père est sorcier.

30 francs environ par mois.

Un abonnement à France Loisirs, le plus grand club de livres en France. Mon père ne lit jamais, ma mère ne lit jamais : 25 % à 30 % de réduction sur les nouveaux livres, exclusivités, dédicaces, événements, un livre obligatoirement acheté par publication de catalogue – il y en a cinq par an. Combien de livres à acheter pour faire semblant de lire et obtenir les cadeaux de bienvenue promis qu'on ne voyait jamais entrer ? Pour faire plaisir au commercial agressif qui avait réussi à franchir la porte ? Pour ne pas paraître ignare face à lui ? Faire bien et être tranquille ? L'abonnement était renouvelable par tacite reconduction, pour le résilier il aurait fallu écrire une lettre et l'envoyer en recommandé avec accusé de réception. C'était moins simple que de poursuivre l'abonnement, qui n'était pas cher, ma mère en profitait pour m'acheter des bandes dessinées. Je ne demandais rien, mais les albums arrivaient tous les trimestres ou semestres. Parfois elle m'en apportait un que j'avais déjà et devait retourner au magasin faire l'échange. Il aurait fallu faire une liste.

900 francs environ, plus l'antenne : 500 francs environ.

Une CB, ou Citizen Band, ou cibi. La radio du citoyen. Une sorte de talkie-walkie et d'autoradio très puissants mélangés, avec plein de boutons, qui permet de communiquer par la voix avec une ou plusieurs personnes sur un même canal. Sur l'étagère la plus haute du cagibi de mon père, cette machine lui avait fait dire d'étranges « Papy Tango » ou « Charlie Lemon ». C'était à la mode. C'est mon frère qui m'a raconté, ça le faisait beaucoup rire quand il l'entendait de sa chambre toute proche. Moi, je ne me rappelle que les cartes postales accrochées dans son placard, envoyées depuis la Martinique, la Guyane ou le Sénégal. Je les retournais pour lire les aimables petits mots des cibistes internationaux. La cibi était la fenêtre sur les voyages que mon père n'a jamais faits, et pour moi, la première expression vivante de mondes inconnus et lointains. Ailleurs et quelque part.

2 000 francs environ.

Une encyclopédie de géographie en plusieurs volumes. Les vendeurs itinérants écumaient les pauvres et la classe moyenne à leur domicile. Mes parents travaillaient heureusement tous les deux à temps plein. Les itinérants trouvaient donc le plus souvent porte close, mais, comme celui de France Loisirs, l'un d'eux est parvenu à franchir le seuil avec de grands et beaux ouvrages noirs aux lettres dorées imprimées en relief. Un livre par continent ou sous-continent. Des volumes lourds et nombreux, aux couvertures soyeuses. Mon père ne lit toujours pas, ou pas jusqu'au bout. Au mieux, il regarde les images et ne dit pas non. Une autre encyclopédie plus synthétique intitulée *Le Grand Livre du Monde* faisait partie du lot ou a été vendue en supplément. Elle m'a un peu servi pour l'école avant de vite devenir obsolète. Mon père a-t-il acheté pour notre instruction ou la sienne ?

5 000 francs environ.

Un magnétoscope VHS. Très utile. Utilisé. Lorsqu'il était en marche, le silence et la paix trouvaient leur place dans l'appartement. Dans la salle à manger qui sert de salon. Ma mère aime le cinéma, elle le connaît et nous l'a fait découvrir sans vraiment le faire exprès. Nous déambulions longuement dans les vidéo-clubs le samedi après-midi pendant qu'elle choisissait des films à son goût. Mon père a acheté l'objet dès sa mise en rayon, avant que j'en connaisse même l'existence. Dans les années 1980, le procédé VHS de la marque japonaise JVC se disputait le marché avec le Betamax des Japonais de Sony et le V2000 des Néerlandais et Allemands de Philips et Grundig. Malgré la qualité d'image supérieure que proposaient les deux derniers, l'offre beaucoup plus large de VHS disponibles dans les vidéo-clubs a permis d'imposer le standard en France. Les industriels ne se sont pas entendus pour donner valeur à la qualité de l'image ; les consommateurs ont, eux, privilégié le flux, un volume. Je voulais voir les images défiler, m'abandonner en elles, ne pas me soucier de leurs défauts, pourvu qu'elles ne s'arrêtent jamais. Je travaille aujourd'hui dans un cinéma où je vois chaque année des centaines de mondes d'images se succéder dans chaque salle, chaque jour, à chaque séance. Les salles se suivent en enfilade ou les unes sur les autres. Pour vérifier la qualité de la projection, j'ouvre la porte, parfois je me contente de regarder à travers le hublot de la cabine, et je me laisse glisser dans l'écran. Je n'ai pas d'effort de concentration à produire. Peu importe le film, bon ou mauvais, beau ou pas, je marque un temps d'arrêt, ensorcelé, comme mon père ce soir devant son zapping. Je pourrais travailler dans un multiplexe de deux cents salles s'il en existait et en faire le tour toutes les deux heures sans trouver quelque chose à y redire. Les gestes sont les mêmes, mais les films changent chaque semaine. Dans ces conditions, pas de routine possible de mon regard aliéné. Je me souviens du jour où mon père a installé le magnétoscope dans la partie basse du grand meuble télé. À quatre pattes, le mode d'emploi près des genoux, il avait déjà fait de la place et branché tous les câbles. Télécommande en main, il en était à présent aux réglages. Je savais que quelque chose d'important se jouait. La télévision ne suffisait plus. Mes parents avaient fait fabriquer ce grand meuble par un ébéniste local pour leur mariage. Ils voulaient quelque chose d'imposant, en chêne, avec la télévision dans la partie haute et le tourne-disque de mon père en bas, la pile de ses vinyles avec, cachée derrière, la cassette VHS d'un film pornographique. Au milieu, un grand tiroir très large pour ranger les modes d'emploi de toutes les machines, les télécommandes et le magazine *Télé 7 Jours*. Une fois tous les battants du haut et du bas fermés, le grand meuble télé ne laisse rien paraître de l'impact de son contenu sur le ménage. Il montre quelques signes d'une mauvaise finition, si l'on regarde d'un œil averti – à la livraison, l'ébéniste, qui débutait dans le métier, a fait une ristourne à mes parents. C'est la plus grande fenêtre de l'appartement.

1 000 francs environ.

Une maquette. Mon père s'est intéressé au modélisme. Il a commencé par assembler un vieux bateau de pêcheur dont je ne me souviens plus le nom. Il manipulait de minuscules pièces en bois léger qui ressemblaient à de petits os de poulet rôti après le repas du dimanche. La coque du bateau était peinte en vert. Les cordages blancs, c'était de la ficelle de cuisine. Sur le pont, une figurine du capitaine Haddock occupait la place du marin-pêcheur. Le bateau avait un moteur qui n'a jamais servi dans l'eau. Il faisait le bruit d'une tondeuse à barbe et l'hélice, un peu d'air dans les moments calmes.

1 000 francs environ.

Une autre maquette. Une scène de la Seconde Guerre mondiale qui a beaucoup occupé mon père. J'y voyais un bout de rue en ruine, des arbres à moitié arrachés et une Jeep Willys de l'US Army avec un soldat en plastique au volant. Les fils coupés des poteaux électriques et téléphoniques, c'était du fil à coudre noir. Dès le matin, avant de m'amener à l'école et tandis que je petit-déjeunais – lui avait déjà mangé –, mon père, assis à la table de cuisine, produisait des gestes d'une minutie extrême. À quelle heure acceptait-il de se lever pour peindre en rouge les briques d'un pan de mur encore debout ou pour y coller l'infime bout de papier délavé qui figurait une affiche de propagande ? J'aurais adoré prendre part à cette passion fugace, l'aider avec mes petits doigts plus agiles que les siens, tout boudinés, mais l'activité lui était réservée.

350 francs environ.

Un bonzaï. Très difficile à entretenir. Il faut de courts et plats ciseaux à ongles pour le tailler, arroser peu.

Puis un autre, le premier est mort. Cet art millénaire ne se prête pas à la publicité : même si l'on fait les bons gestes, les bonzaïs meurent lorsqu'ils sont soumis à un désir hâtif et inexpliqué.

65 000 francs environ, prix neuf, plus la remorque : 4 500 francs environ.

Une moto de cross d'occasion. La route défile au coucher du soleil. C'est l'été, je suis en T-shirt. Nous sommes sur les chemins qui jouxtent le village d'enfance de mon père. Je suis à l'avant de la selle, il conduit doucement dans mon dos. Je m'accroche au guidon et le vent me caresse la figure. Je n'entends presque pas le bruit du moteur. Cette moto ne me passionne pas, mais j'aime appuyer sur le bouton du klaxon. Elle était pilotable rapidement, sans permis spécifique, à l'abri dans un garage loué spécialement, et de la même couleur verte que la coque de la maquette du bateau.

650 francs environ.

Un casque.

350 francs environ.

Des lunettes.

650 francs environ.

Une tenue complète.

200 francs environ.

Des gants.

2 000 francs environ.

Des bottes Sidi blanches. Elles étaient belles. Je me souviens de cette marque.

142 000 francs, prix neuf.

Une voiture Peugeot 405 Mi 16. La première berline familiale. Blanche. Neuve ou quasi neuve avec l'insigne Mi 16 rouge à côté du chiffre 405 et un aileron greffé sur l'arrière du coffre. L'aileron faisait son petit effet. La 405 a été présentée au public la première fois en 1987. Les vitres avant étaient électriques et le volant recouvert de cuir. Jouer avec. Mon père a pour habitude de prendre soin de ses affaires. Certaines parties de la voiture étaient encore recouvertes d'un film plastique transparent. Tout le plastique neuf, le tissu neuf, la moquette neuve, les tapis neufs, le caoutchouc neuf engendraient cette maudite odeur de voiture neuve qui me donne encore la nausée aujourd'hui. Mon père prenait de la vitesse sur les voies rapides. Mi 16 pour les 16 soupapes. Je n'avais pas peur alors, j'aimais sentir mon corps s'enfoncer dans la banquette. Le freinage des premiers modèles de 405 est réputé défectueux. Certains cas dramatiques de coupure totale de freins ont été répertoriés. J'ai le souvenir d'une panne dans la descente d'un col des Pyrénées pendant les vacances. Mon père, qui avait senti les freins ramollir subitement, s'était arrêté en urgence sur le bord de la route, en s'aidant du frein moteur. L'altitude devenait soudain dangereuse et nous inquiétait, ma mère, mon frère et moi. Nous avons attendu que les freins fonctionnent de nouveau et sommes repartis lentement dans le vertige. Peut-être est-ce cet incident qui a décidé mon père à revendre la 405 rapidement pour une version plus récente du même véhicule, mais je n'en suis pas sûr.

142 000 francs, prix neuf.

Une voiture Peugeot 405 Mi 16. La deuxième berline familiale, rouge cette fois. Elle était à peu près identique à la précédente. Elle venait de loin, mon père était parti la chercher dans un département de France inconnu, vers le nord. Une bonne affaire. Il avait pris l'autoroute en hiver, sous la pluie. J'avais eu l'impression qu'il était parti au bout du monde.

34 300 francs environ, prix neuf.

Une voiture Talbot Samba Sympa d'occasion. Par une belle journée de printemps, mon père est venu nous chercher à l'école, mon frère et moi, avec cette petite citadine. C'était une surprise pour l'anniversaire de ma mère, mais c'est lui qui a profité de la surprise dans nos yeux. Deux voitures pour le foyer. Comparativement à la 405, la Samba semblait déjà vieille – une dérivée de la Peugeot 104 construite dès le début des années 1970 –, pourtant elle gardait un certain charme aux yeux d'un enfant de mon âge. Un toit ouvrant, une décoration jaune qui courait le long des portières et des sièges, des jantes peintes avec cerclage chromé, un becquet arrière, un poste de pilotage et une planche de bord épurés, des vitres teintées : tout donnait l'impression de rouler dans une Majorette XXL. Mon frère, lui, garde de cette voiture le souvenir que les ennuis ont commencé à son arrivée. La Samba était simple, la lumière y entrait facilement. Ma mère avait obtenu son permis récemment, au milieu de la trentaine, après de multiples tentatives infructueuses. Elle était la première femme de sa famille à savoir conduire – sa sœur, sa mère, sa grand-mère ne savaient pas. Pour autant je ne me rappelle pas l'avoir jamais vue au volant. Sa voiture, son cadeau. Je me souviens plutôt, ou j'imagine, que mon père la prenait pour de petites courses urgentes, consommer moins d'essence qu'avec la 405, ou n'importe quel autre prétexte pour profiter du nouveau jouet.

La maquette du bateau prend la poussière en haut du grand meuble télé. Les volumes de l'encyclopédie de géographie obsolète sont rangés sur une étagère basse avec les VHS. Le magnétoscope n'a pas bougé ; peut-être fonctionne-t-il encore. Le lecteur DVD et les plateformes de streaming l'ont depuis longtemps remplacé. Je crois que la maquette de la Seconde Guerre mondiale est à la cave. Dans quel état ? Les cartes postales restent épinglées à la porte du placard de mon père, déformées par l'humidité de la pièce. De jolis flocons de poussière s'y sont lentement déposés. Le magasin France Loisirs a fermé.

Un jour, un objet ou un cadeau en trop bloque l'entrée et rompt le flux de l'accumulation. Berthier continue de montrer la voie. J'ai beaucoup d'affection pour lui. D'une certaine manière, lui et mon père sont tous deux des pionniers. Ils sont ce que peu d'hommes ont été avant eux, à la différence que Berthier est prisonnier du scénario d'un film dans lequel les événements doivent s'enchaîner très vite pour maintenir l'attention du public et ne pas laisser penser à celui-ci qu'il est devant un drame plutôt qu'une comédie. Les étapes, brillamment brûlées par la mise en scène, formulent une implacable pédagogie de la pauvreté. Un truc de cinéma.

Berthier a introduit sa carte dans le distributeur automatique. Face à la machine, il s'agace, tape son code à plusieurs reprises. Son index obstiné écrase les touches du clavier qui émettent un même *bip* désincarné. Le *bip* est têtu. C'est non : la machine ne rendra pas la carte, elle l'a avalée, digérée, évacuée, ce n'est pas négociable et c'est écrit sur l'écran en lettres vertes de pharmacie. Un vert de diagnostic. Berthier ne veut pas y croire, pourtant il sait. La carte est en opposition, elle qui était depuis toujours son alliée. Il n'éprouve aucune rancune à son égard, c'est la faute de cette machine, de la banque qui confisque le si précieux rectangle de plastique. Cette carte qu'il a peiné à obtenir puis à transfigurer. Classique, Première, Gold, Platinum, Black, World, Elite, il y était presque arrivé. Un sésame aux couleurs vives, brillantes, puissantes, libres, infinies et rassurantes. Une surface douce et rigide, des bords et des coins arrondis qui glissent agréablement entre les doigts. Une vraie carte d'homme. Cette carte magique qui jusque-là savait si bien lui cacher la vérité.

Dans la file d'attente du distributeur nous sommes figurants, spectateurs et acteurs de la banalité de la scène. Une silhouette d'un âge certain avec une belle casquette, une belle écharpe, un beau pardessus de vieux, attend derrière Berthier. Le vieux a déjà sorti du portefeuille sa propre carte qu'il tient dans ses mains croisées sur son ventre. Elle est étincelante. C'est une Mastercard, deux ronds de couleur rouge et or s'y superposent en partie pour composer l'orangé. La marque est à tel point reconnue aujourd'hui que le nom de l'enseigne ne figure même plus sur les cartes de crédit ni d'ailleurs sur le site Internet, le logo se suffit à lui-même. Berthier a senti la présence. Il y a un témoin. Il se tourne pour lui jeter un regard avant de donner un dernier coup d'index raide et résigné sur le clavier de la machine. Il cherche une justification, comment laver l'humiliation qu'il voit déjà se refléter dans l'œil du vieux. Il y a forcément une raison honorable à cet outrage suprême fait au client roi qu'il a toujours été. Très certainement une erreur, la machine est défectueuse. Mais le vieux n'est pas dupe. Son visage et son corps montrent que lui a de l'argent sur son compte. Il n'y a pas d'erreur qui tienne avec ce type de machine. Lui n'a jamais de problème. Il tire une gueule qui dit que la machine marche très bien. La machine marche parfaitement. Et toutes les autres machines identiques à celle-ci sont irréprochables. Ces machines sont infaillibles. Ces machines renferment son argent, elles ne sauraient en aucun cas manquer à leur tâche.

Pas de panique. Berthier se rend au guichet de la banque pour tenter un dernier coup de bluff. Après tout, il détient encore certains attributs de sa classe moyenne : sur les épaules, un beau pardessus beige, son costume et sa cravate de cadre, l'autoradio de sa voiture à la main – pour éviter le vol – et un cartable en cuir marron. Mon père aussi en avait un, plus petit, une sorte de sacoche, il appelait ça un baise-en-ville. Berthier crie au scandale, exige qu'on lui rende sa carte. Le guichet n'a pas ce pouvoir, on l'accompagne jusqu'au grand bureau. Avant d'y pénétrer, Berthier tourne discrètement la tête pour vérifier l'effet de son esclandre sur le personnel et les clients. A-t-il réussi pour cette fois à sauver les apparences ? Sent-il que nous l'observons ? Dans l'interstice de cette pensée, les paupières se resserrent, les sourcils se haussent et se froncent, le menton se referme dans les lèvres qui se contractent dans la bouche fermée, le visage de Berthier se renfonce. C'est une caricature de tueur en col blanc, il pourrait devenir dangereux. L'envie pourrait le prendre d'abattre d'un coup de fusil de chasse ceux qui l'empêchent de poursuivre son mode de vie, tous ceux qui le regardent d'un air trop condescendant. C'est facile à trouver, un fusil de chasse, à la campagne, ça traîne dans n'importe quelle maison. Mon père a grandi à la campagne. Berthier fait peur, mais personne ne s'en aperçoit.

Depuis son bureau surplombant, la Banque calme Berthier avec sa grosse voix. Elle le berce en égrainant les sommes folles qu'il a dépensées ces dernières semaines. Il a creusé si profondément son découvert qu'il s'est perdu dedans. Creuser et creuser jusqu'aux limites de l'imaginable, jusqu'à la larve, et jusqu'aux limites mêmes de la Banque. Il pensait pouvoir passer inaperçu en dépensant sous terre, caché dans son trou, en ne demandant l'autorisation à personne. Le trou est si grand que Berthier est tout petit de l'autre côté du bureau. Sans conviction, il tente maladroitement de se trouver des excuses. Il est devenu aigre mais n'essaie plus de se battre. Il semble presque soulagé maintenant que la Banque a retrouvé sa trace. Pressé de revenir à la surface, il demande comment faire pour mettre fin à son propre cirque. Tôt ou tard, il va falloir combler le trou.

Ma mère se déplace. Elle s'installe avec mon père devant la télé, lui rappelle qu'il devra ranger les photos dans le tiroir avant d'aller au lit. Il n'entend pas, l'écran est trop puissant. Elle se répète et lui demande par la même occasion de changer de chaîne. Mon père râle, il veut voir la fin du navet sur lequel il vient de zapper une fois de plus. Elle ne regardera pas une nullité pareille. Elle prend la télécommande.

Dehors le vent s'est levé. Il enveloppe le béton anaérobie de l'immeuble. Les branches des arbres du parking se balancent, leur ombre filamenteuse projetée sur les fenêtres de la salle à manger par la lumière crue des réverbères. Derrière le terrain vague, les décorations des pavillons du quartier clignotent à un rythme curieusement dissonant, frénétique ou très mou. Des éclats colorés parviennent jusqu'ici malgré les stries diagonales de la pluie. Les gouttes d'eau glissent à travers les halos des points lumineux, serrées dans des masses qui se répandent et frappent comme le ressac d'une mer. Elles font entendre un crépitement de graines semées à la volée contre le double vitrage. Je vois à peine les lueurs des lampes de chevet et des ampoules froides des cuisines du voisinage. Les premières rafales se sont engouffrées sous les portes et dans les grilles d'aération, l'air s'allonge et se relie à lui-même entre les murs porteurs, il circule en accéléré. Le vent est entré, il siffle et fredonne des airs de fantômes qui ne me font plus peur.

Chez elle, lors de l'entretien, la Banque a prononcé un mot que je connais bien. Deux syllabes. Contrairement aux objets, je n'ai pas vu entrer le mot, il a toujours été là. Je ne l'ai pas vu apparaître.

Le mot est entré au pluriel dans notre appartement. Crédits. Les. Un mot au pluriel est-il une somme de mots ?

Un crédit
plus un crédit
plus un crédit
plus un crédit
plus un crédit
égale
les crédits.

Le mot est forcément apparu un jour pour la première fois, à un instant précis. Il est probable que le mot ait pointé ses deux syllabes dès 1987, au fil des premières années de vol, par la répétition, par les pleurs, les cris, les angoisses, les incompréhensions, par la peur, le manque, la pauvreté, la honte, le secret, les mensonges, l'isolement. Crédit avec un *s* au pluriel ne va jamais sans l'article *les* qui le précède. Les deux mots pourraient n'en constituer qu'un seul. *Les crédits* sont un mot compliqué, une invention d'adulte. Les enfants comme moi sur la photo n'ont pas besoin de ce mot pour vivre, alors qu'il a rempli la vie de chaque adulte autour de nous et qu'il en déborde parfois et souvent. Il n'y a pas d'*avant*. Je suis né, j'ai grandi avec le crédit et les crédits. Il n'est pas arrivé à moi par surprise. Il s'est lentement dévoilé, son sens m'a peu à peu pénétré. Ma mémoire a démarré avec le mot. Les crédits ne sont pas pour moi une annonce ni un basculement vers la vérité.

C'est au pluriel que le mot est le plus dangereux. J'étais trop jeune pour savoir compter combien il l'était. Mon frère avait quatre années d'avance pour prendre la vague de plein fouet. Il était l'enfant-éclaireur. Lui a vu et entendu l'entrée du mot. Il savait compter depuis longtemps lorsque le mot a émergé. Il ne m'a jamais expliqué, pensant peut-être que ce moment était suffisamment pénible pour que je m'en souvienne. À quoi bon en rajouter ? Il ne m'est jamais venu à l'esprit de lui demander de me raconter. Puis j'ai commencé à savoir compter moi aussi.

Je sortais de la voiture, nous venions certainement de rentrer d'une promenade dominicale comme celle de la photo. Le dimanche est un jour triste pour à peu près tout le monde. Mon père s'était garé sur le parking de l'HLM. Ma mère se lamentait rageusement, elle répétait sans arrêt la même chose et accablait mon père, inexcusable. Les chiffres sont arrivés devant mes yeux, en transparence de la 405, de mon frère, de mes petites mains, du bitume du parking, de mes pieds. D'abord un 3. Trois. Un 3 et à sa suite des 0. Zéro. Deux zéros. 0 0. Et trois zéros encore. 0 0 0. Combien de zéros en tout ? Zéro zéro zéro zéro et zéro. Ce n'était pas clair. Je ne savais pas encore compter jusque-là, c'était beaucoup. Et surtout, il y avait un 3. Un 3, c'est déjà beaucoup. Cumulés, les crédits contractés par notre père représentaient alors environ 300000 francs. Il faut bien compter les zéros, puis séparer les chiffres par groupes de trois, sinon ils ont tendance à s'effriter, victimes de l'érosion monétaire qui disperse la valeur. L'inflation a la cruauté de minimiser les problèmes d'argent du passé. Pour leur redonner l'entièreté de leur dramatisme, j'utilise le convertisseur franc/euro de l'Insee. Il transporte le pouvoir d'achat dans le temps et peut-être aussi dans l'espace. Le convertisseur m'indique que le pouvoir d'achat de 300 000 francs en 1987 correspond à près de 90 000 euros d'aujourd'hui. Il faut bien compter les zéros : à l'époque, c'était le prix d'une petite maison à la campagne ou en bordure de sous-préfecture. Cette maison, ma mère en parlait souvent. Nous aurions pu nous acheter une maison. Une maison où nous aurions été plus heureux que dans l'HLM. Une maison que mes parents ont payée sans l'avoir achetée, sans l'avoir visitée, sans l'avoir cherchée. Sans avoir eu le coup de cœur ni ressenti l'effet *waouh*. Cela, tout en payant le loyer de notre appartement. Ils étaient en quelque sorte propriétaires d'une maison imaginaire dans laquelle il leur était impossible d'entrer, maison hypothéquée et saisie d'avance par la Banque.

Et les crédits, c'est fait pour quoi ?

Pour qui ?

Et les crédits, c'est pour les chiens ?

Combien de fois le mot crédit doit-il être prononcé pour que les crédits finissent par apparaître ?

De combien de bouches doit sortir le mot ?

Combien de signatures faut-il apposer ?

Combien de rendez-vous à solliciter, de coups de téléphone à passer, de courriers à poster, de formulaires à parapher, de temps à se cacher, de mensonges à imaginer ?

Combien faut-il de combien pour constituer une dette équivalente à la valeur d'une petite maison ?

La valeur de plusieurs objets réunis peut-elle être équivalente à celle d'une petite maison ?

Où trouve-t-on les crédits ?

Qui sont ceux qui renseignent et orientent ?

Qui sont ceux qui ne mettent pas en garde ?

Combien mon père a-t-il contracté de crédits pour acheter les objets et ne pas acheter la petite maison ?

Combien est-il simplement possible d'en avoir simultanément ?
Un ?
Non, plus.
Trois ?
Non, bien plus.
Vous savez combien ça coûte ?
Je sais.
Est-ce bien sûr ?
Sept ?
Non, plus.
Dix ?
Vingt ?
Berthier en a déjà cinq, en plus de son découvert.
Faut pas abuser !
Avoir un crédit,
avoir des crédits.
Cet avoir est un mensonge.
Combien mon père en avait-il ?
Des mensonges et des crédits.

Toujours assis à table, mon frère consulte son portable et relève la tête de temps en temps vers la télévision. Les photos n'intéressent plus personne. Elles sont maintenant inertes, aplaties les unes sur les autres. Ma mère s'est endormie sur le canapé. Mon père a finalement pris goût au programme qu'elle a choisi. Je profite d'être oublié.

Le bois est très sec. Quand je tape dessus avec mon bâton, il émet des sons où chante en creux une musique archaïque. Plusieurs vieux chancres étendent leurs bourrelets de cernes de cicatrisation concentriques sur la vieille écorce, pareils à des bouches ou à des sexes putrides prêts à exsuder ou à avaler. Un beau soleil étale et rasant dans le ciel bas m'éblouit si je relève trop la tête. De l'autre côté de la branche, mon frère fouille le sol à la recherche de petites bêtes, d'insectes. Parfois il se relève pour lancer au loin un caillou dont la forme se prête au défoulement. Il s'intéresse lui aussi à la branche et à l'arbre. Beaucoup de choses inconnues, d'êtres cocasses s'y cachent. Il aime sentir, examiner, imaginer autour de lui les vivants visibles ou invisibles et se savoir observé à son tour par eux. Il aime sincèrement toutes les bestioles, ne peut s'empêcher d'essayer de les attraper, de les déloger de leur cachette, de les déranger. Pas pour leur faire du mal ni jouer avec elles, mais pour être plus proche d'elles, mieux les connaître, les considérer, faire quelques instants partie de leur monde. Entre elles et lui, la relation est stable, elle ne risque pas de le décevoir : elle ne promet rien. Derrière l'apparente simplicité du contact qu'il espère établir, une richesse se crée. Il se doute déjà que les animaux ont mieux à offrir que les individus présents face à lui. Chercher à provoquer l'événement de la rencontre ne le fatigue jamais. Il n'a pas chaud sous son bonnet trop grand, moi j'ai complètement ouvert mon blouson pour ne pas suer à force de jouer avec le bâton.

Nous ne sommes pas exactement dans la forêt, plutôt dans une clairière qui retourne lentement à l'état sauvage. Ma mère marche à l'écart en nous tournant le dos. Ce n'est pas elle qui tient l'appareil pour nous prendre en photo. Je n'ai pas le souvenir de l'avoir déjà vue en avoir un dans les mains. Elle fait des pas lents et courts, sans direction précise. Le bruissement des herbes gelées et des brindilles sous ses semelles caresse ses tympans. Elle allume une cigarette et range son briquet dans une poche de son grand manteau prune au sein duquel elle s'engouffre jusque sous les genoux. Ce n'est pas une grande fumeuse, guère plus de trois ou quatre cigarettes par jour. Elle tire de toutes petites bouffées vite expirées en l'air. Il lui faudrait en prendre des plus longues et plus épaisses pour réussir à faire des ronds de fumée. Je trouve dommage qu'elle ne sache pas les faire, les muscles de sa bouche ne sont peut-être pas suffisamment habiles. Elle finit par s'asseoir au soleil et continue de regarder vaguement les alentours.

L'arbre séculaire mis à part, la végétation de la clairière s'avère courte et médiocre. Rien de ce qui pousse ou meurt ici ne paraît en voie d'aboutir. Cet endroit me rappelle la friche Kodak à Sevran, en Seine-Saint-Denis, où je passe parfois à vélo en longeant le canal de l'Ourcq. Entre 1925 et 1995, le site a accueilli les activités de développements photographique et cinématographique de la société américaine Kodak. Les millions de pellicules et de films amateurs de tous les foyers français étaient acheminés à l'usine par voie postale pour y être triés, préparés, développés et réexpédiés par des centaines de petites mains. C'est littéralement à la pelle que les enveloppes des pellicules réceptionnées étaient manipulées. Des kilomètres par minute d'un ruban ininterrompu de photos circulaient dans les allées des immenses bâtiments de l'usine, entre chambre noire et centre de tri, atelier de contrôle et de découpe.

Lorsque, il y a quelques années, j'ai fait part à mes parents de mon intention d'accepter un poste dans le cinéma d'une ville voisine de Sevran, à des centaines de kilomètres de chez eux, mon père m'a appris avoir fait un stage dans l'usine Kodak pendant sa période d'apprentissage en photographie. Contrairement à ma mère, il n'évoque qu'à de rares occasions le passé, et quand il le fait c'est avec une pauvreté de détails frustrante. À ne jamais se mettre en avant et à ne rien dire, il donne l'impression d'avoir une vie banale dont on n'imagine pas ne pas tout savoir. Si bien que j'ai été surpris, et troublé, par cette étrange coïncidence qui me faisait croiser sa trajectoire à des dizaines d'années d'intervalle, sur ce territoire si éloigné et si proche à la fois de là d'où nous venons, dans un contexte professionnel similaire, en tout cas lié au travail de l'image.

La mairie de Sevran a renoncé à faire de la friche un parc urbain renouvelé, bien dessiné, remodelé, délimité, avec de multiples essences d'arbres importées et des parterres de fleurs propres. Le sous-sol y est troué. Quant à la surface, elle reste souillée après dix ans de travaux d'une inlassable, et impossible, dépollution. La municipalité laisse maintenant se développer presque par eux-mêmes ce qu'elle nomme techniquement des « zones humides temporaires », des « friches herbacées » ou des « espaces à faciès forestier ». De fausses mares, de fausses prairies et de fausses forêts. La nature y est libre d'inventer. Les espèces subsistantes doivent être en capacité de réoccuper spontanément cette terre brûlée par l'industrie. La biodiversité locale doit s'exprimer, elle a le pouvoir d'affronter les variations climatiques et le devoir de contribuer à l'étude scientifique de sa propre adaptation au changement global. Il en va même de sa responsabilité d'atténuer ce changement pour permettre aux habitants de respirer, de se détendre, de se lier socialement et de passer les étés. Enclavés au milieu du tissu urbain infiniment dense de l'est de la région parisienne, les scirpes à fruits larges, les orchis pyramidaux, les écailles marbrées rouges, les criquets italiens, les œdipodes émeraudines, les fauvettes grisettes, les mésanges charbonnières, tous sont mobilisables pour capter le CO_2 présent dans l'atmosphère.

J'imagine mon père qui, pour se rendre à son poste, foulait le ciment froid des quais de déchargement, exécutait sa tâche sous la blancheur poussiéreuse des néons des ateliers ou la sombreur sanguine des laboratoires, entendait se mélanger dans les hauteurs des entrepôts le roulis des machines avec le magma des paroles de travail en sursis, et sentait sur son palais l'aigreur des immenses bains de développement. Il pénétrait un secteur professionnel particulier, valorisé, un monde dans les autres mondes, un quotidien parmi les autres réalités, et cette perspective le rendait très certainement fier et confiant dans l'avenir. Des dizaines d'années plus tard, je vois les sentiers boueux mis à nu par le piétinement des promeneurs de chiens et des joggeurs, des touffes d'arbres malingres été comme hiver, des prairies qui ressemblent à des terrains de foot avant la trêve hivernale, des paysages où le béton chaque fois s'incruste. Je n'entends que le cri strident des perruches à collier qui ont colonisé en vert fluo le ciel d'Île-de-France, et la rumeur incessante de la

Nationale 3. Ce parc est aussi laid et inutile qu'une clairière oubliée. On pourrait croire le site encore à l'abandon, si des « animations nature » n'étaient pas organisées de temps à autre, et pourtant, comme d'autres endroits similaires malmenés et humiliés dans le monde, il est une trop rare source d'espoir, une terre dérisoire, mais reconquise.

Pourquoi mon père n'a-t-il pas achevé sa formation de photographe ? À aucun moment il n'en a exprimé d'amertume, voilà peut-être pourquoi je n'ai pas encore osé ou, plus tristement, pensé à lui poser la question. Durant notre enfance il n'a cessé de jouer à l'apprenti, mon frère et moi en guise de modèles. C'est lui qui est face à nous, accroupi dans les vieilles fougères roussies. C'est lui qui prend la photo. C'est obligatoire. Ma mère ne touche pas la technologie. Un appareil énorme en position verticale dans ses mains, il se prépare à déclencher l'obturateur. Il a enlevé ses grandes lunettes de ferraille jaune avec leurs verres photosensibles en cul-de-bouteille, un modèle mafia pour les myopes. Son œil le moins faible est collé au viseur, il ferme l'autre avec une vilaine grimace de la bouche. Mon père se cache et se protège. Mêlé à l'appareil, son visage est difficile à apercevoir. Je ne distingue que son front dégarni, les golfes temporaux et frontaux se creusant vers l'arrière pour ne laisser au milieu qu'un toupet de cheveux châtains ondulés. Il a déjà quelques cheveux blancs et porte un de ces survêtements à la mode qu'il a gardé longtemps, mauve avec des pointes orange fluo. Il a l'air d'aller bien.

Il mange, il dort convenablement. Il est avenant, toujours d'humeur égale. Il y croit. Quelque chose de l'ordre de la candeur, associé aux rayons du soleil derrière lui, l'enveloppe d'un nimbe de fausse insouciance.

Mon père, attaché à la marque Kodak, m'a raconté qu'après un siècle de prospérité, le géant américain n'a pas survécu à l'arrivée de la photographie numérique au début des années 2000, alors qu'il avait, en 1975, lui-même inventé le premier procédé de cette technologie. Au lieu de transformer son modèle d'affaire, ou de diversifier ses activités, par exemple en développant sa division d'imagerie médicale, Kodak a fait le choix malheureux de se recentrer sur son cœur de métier : la production argentique d'images, parce que celle-ci n'avait jamais manqué de l'enrichir, principalement grâce à la vente très rentable de pellicules et de consommables. L'avenir est un pari risqué quand on a beaucoup à perdre. La multinationale a attendu de voir le petit marché du numérique grandir avant de prendre de trop grands risques. Mais quand le numérique a brutalement progressé, il était trop tard : les parts de marché étaient déjà prises. Reconnue comme une entreprise de premier plan en 1997, la firme dépose le bilan en 2012. Ce n'est pas un Kodak en faillite qui a fermé l'usine de Sevran en 1995, mais un Kodak florissant et soucieux de le rester, qui optimise ses coûts en fermant certains sites jugés moins rentables ou mal adaptés. C'est une histoire de croyance dans ce qui semble être le meilleur choix immédiat pour le présent.

Mon père aussi croit au présent. Il fait partie de ceux qui savent en jouir et s'en contente. Il sait jouer avec lui et l'étendre. Il construit le décor, les personnages à mettre en scène, il compose patiemment le cadre de la photo et tente de faire dire quelque chose à la réalité. J'ai envie de monter sur la grosse branche, mais il me demande de rester où je suis. Avec quel matériel capte-t-il cette image ? Un appareil bon marché, ou a-t-il voulu se faire plaisir ? Démontrer son expérience d'ancien apprenti photographe ? Je regarde mon frère tripoter nerveusement le petit caillou qu'il a entre les mains. Mon père me demande de ne pas quitter des yeux l'objectif, de le fixer, lui, et de sourire. Mon frère est en pleine lumière, je suis dans l'ombre. Dans ces conditions d'exposition difficiles, mon père met beaucoup de temps à faire ses préparatifs. Ses doigts s'agitent sur les bagues de l'objectif. L'ouverture du diaphragme, la mise au point, ne pas altérer le cadre. Il est concentré, la photo sera magnifique, elle sera majestueuse, elle sera éclatante. Garder la pose et le sourire. Il contraint nos corps. Nous ne sommes pas dégourdis. Nous y croyons et nous laissons faire. Les réglages sont interminables. Mon père multiplie les parades, jongle avec les effets, emprunte à l'un pour donner à l'autre. Il est en confiance, jusqu'ici tout s'est bien passé, personne ne doute de lui ni de sa capacité à mener sa vie et sa famille sur une voie conforme à ses propres attentes et à celles des autres. Il veut dire sa conviction, sa perception de l'avenir, celle des autres est beaucoup trop concrète. Ne pas arrêter le temps, mais retenir le présent de toutes ses forces, le ralentir, ou l'incorporer le plus possible au futur. Les conséquences n'existent pas dans le présent. Le mensonge se construit dans l'étirement d'un temps où les crédits se multiplient encore. Où a-t-il appris à tromper ainsi les apparences ? Ses mensonges sont parfaits parce qu'ils n'en sont pas. La situation ne peut pas être devenue aussi catastrophique. Il existe forcément des solutions, qu'il ne doute pas de trouver, comme il l'a toujours fait. La beauté de ses enfants et de cette photo est bien la preuve que tout va rentrer dans l'ordre. Mais l'image qu'il finit par prendre n'est pas le témoignage de cette lutte véritable, il a su accueillir la mort dans le cadre sans la reconnaître encore, autour de nous et en lui.

La clairière est silencieuse, je n'entends que le chant d'un pinson la traverser. Au sol, j'observe le lierre survivant de l'hiver fuir la lumière. Les petites étoiles que dessinent ses feuilles rampantes sont ici le seul vert. Un vert dur et immuable. Les lianes persistantes s'attachent à la grosse branche, mais elles grimpent trop timidement sur l'arbre qui ne semble rien vouloir partager. Regardez-moi. Mon père veut nous photographier avant que le bois mort ne nous rattrape et nous emporte. Ne bougez plus, ne respirez plus. Mais il est trop lent, la pose est trop longue. Il mériterait qu'on lui lance des cailloux et des bâtons pour qu'il accélère. Au moment du déclenchement, nos sourires forcés ne tiennent plus. Nos corps reprennent le dessus. Notre vrai visage revient à nous et dit l'émotion sans le savoir, le futur que mon père craint tant. Il dit notre honte, la peur, il dit la fin du temps et pour toujours une colère destructrice. Mon père a réussi à construire une photo parfaite, car elle est aussi une photo de lui.

Louis

Le pire a pris l'allure d'une évidence en sursis.
Il peut,
il va,
il doit,
il arrive.

Notre bonheur n'a jamais été fiable, il est trop rare, trop court pour s'en remettre à lui, aucun de nous quatre n'arrive à le deviner quand il réussit pourtant à faire surface, ni à l'apprécier jamais à sa juste valeur. Nous sommes incapables d'en prendre soin. Le pire est large, constant, il a une infinité de possibles, il est facile, lui ne trahit pas.

Réel ou non, le pire arrive toujours. C'est une règle de survie. Ce n'est pas grave en soi, il me suffit d'y penser tout le temps pour ainsi le conjurer, de le prévoir, de le façonner sur l'établi de mes angoisses et d'en écrire l'histoire avec précision. En faire un inventaire exhaustif. Si je le connais à l'avance, il ne surviendra pas. S'il fait effraction malgré tout, c'est que j'ai commis une erreur, oublié un élément de sa composition ou de son déploiement. Le malheur n'est que celui qui me surprend. Les autres sont déjà pré-vécus, à moitié encaissés, ils sont familiers puisqu'ils m'accompagnent partout sans relâche.

Ne pas trop m'exposer, ne pas me réjouir trop vite, ne me satisfaire de rien. Rester prudent avec cette vie, ne rien lui passer, ne rien lui devoir. Dans la balance d'un destin présumé, face à de bonnes nouvelles ou à des moments de joie et d'espoir qui s'expriment en moi trop librement, un pire symétrique peut surgir de mon imagination et prendre le dessus pour rétablir l'équilibre. Je contre alors immédiatement cette intrusion du geste superstitieux approprié pour déjouer le malheur qu'elle me réserverait si je n'agissais pas : cligner discrètement des yeux un temps, deux temps, me toucher la tête, toucher du bois, en essayant de ne pas me croire ni de passer pour fou.

À quoi se fier ?
À qui faire confiance ?
Comment croire ?

Je pense être bon artisan du pire, je suis son serviteur. Dans mon ouvrage, le cinéma m'aide beaucoup. Ses motifs dramatiques élaborés, repris, transmis, théorisés depuis son invention, déclinés dans un corpus de désastres à ma portée, sont un premier matériau de malheur, une trame standard sur laquelle je peux échafauder une triste fiction intérieure. Sous l'influence principale des cinémas français et américain, chaque salle de projection que j'ouvre m'offre une nouvelle idée. Le plus souvent elles sont mauvaises, éculées, ou complètement invraisemblables ; elles sont pourtant suffisantes pour ne pas me laisser en paix. Sur le terreau de mon quotidien germent et fleurissent l'explosion tonitruante de ma voiture, des révélations familiales inattendues, des fusillades dans ma rue, des meurtriers qui parviennent à crocheter la serrure de ma porte d'entrée, des amants et des maîtresses hostiles, un grand-père collabo… Si exotiques et divertissants soient-ils, ces scénarios de bas étage ne peuvent répondre à la diversité d'intrigues nécessaires au renouvellement de ma petite entreprise.

Même très banal, le cours de ma vie ne supporte pas la répétition, une habitude serait vite trop rassurante.

Le pire réclame les tourments les plus originaux, la précision, l'incroyable du réel pour compléter l'ordinaire de la fiction. Les métiers de ma mère et de mon père, qui se sont rencontrés et ont travaillé toute leur vie au sein du même établissement, en sont une source intarissable. Tous les soirs, à chaque repas, nous étions nourris mon frère et moi des récits de leur journée de travail, des horreurs dont ils avaient été témoins, acteurs parfois. Ma mère, d'abord, voulait faire état de sa présence privilégiée et quotidienne au bloc opératoire. Elle travaillait malheureusement dans les salles les moins spectaculaires et ne revenait qu'avec des histoires bénignes d'amygdalectomies trop sanguinolentes, de dents de sagesse mal anesthésiées, de cataractes infectées, de fibroscopies ou d'abcès récalcitrants. Elle se rattrapait en recyclant comme personne les mythes du Lion, qui avait également fait toute sa carrière dans la clinique – et favorisé ainsi le recrutement de sa fille. Ces anecdotes étaient d'un autre âge : une équipe s'amuse à cuisiner une soupe de fibromes où surnagent poils, globes oculaires et dents, une jambe de diabétique coupée qui cale une porte gênante pour la circulation des brancards, le carcinome du sein d'une femme trop pudique pour accepter des soins, qui préfère ralentir la progression de la maladie en la nourrissant de viande de bœuf hachée introduite dans le trou formé par la maladie… Mais dans le domaine de la calamité, ma mère ne pouvait rivaliser avec mon père, qui œuvrait à la radiologie. Non seulement il côtoyait toute la diversité des malades, mais il avait de nombreuses occasions d'intervenir dans certaines des salles d'opération les plus emblématiques. Orthopédie, vasculaire, urologie, digestif. Il lui arrivait même de faire des radios de cadavres pour la médecine légale.

Mon frère et moi étions férus de ces discussions de travail pas comme les autres. Trop fascinés pour rester sur nos gardes et comprendre que ces histoires alimentaient la morbidité de nos émotions d'arrière-cour. Le décès du Lion continuait de planer au-dessus de nos têtes : les récits de cancer trustaient les meilleures places du classement des atrocités que réserve un corps humain. Pour ma mère, il ne pouvait exister pire maladie. Rien qui fasse aussi peur. Rien ne me faisait aussi peur que son cancer potentiel, celui qui ne manquerait pas d'arriver au regard du malheur environnant. Un cancer héréditaire, ou un cancer de chagrin, ou un cancer de rage, ou un cancer de deuil, ou un cancer de suicide, ou un cancer de dettes. La mort de ma mère. Un cancer de cancer. Je sais qu'il ne faut pas avoir peur. N'aie pas peur du cancer de ta mère, qui n'existe pas.

Le téléphone sonne. Un vieux modèle des PTT posé sur le bahut de la salle à manger, d'une couleur marron clair ou kaki avec un clavier à touches blanches et, derrière le gros boîtier, un petit écouteur rond. Il vole la vedette au vent. Un double marteau frappe deux cloches dures et compactes en rafales stridentes. Deux timbres se mélangent. Ce sont des vagues. Le marteau frappe longuement, puis s'arrête dans le souffle du vide. Je sens la mécanique de la sonnerie rouler sur moi. Elle insiste. Le téléphone sonne. Ce sont des vagues. Quand je crois entendre finir la dernière, une autre surgit.

C'est la séquence d'ouverture de l'ultime film de Sergio Leone, *Il était une fois en Amérique*. Le cadre erre dans la pénombre vaporeuse d'un gigantesque théâtre d'ombres chinoises des années 1930. Dans les combles secrets de l'édifice, des corps élégants dérivent au milieu de statues sacrées et de tapisseries brodées d'images érotiques. Ils fument l'opium, allongés au sol, éparpillés au creux de tissus veloutés sur des mezzanines aériennes près desquelles brûlent de petites lampes à pétrole.

La caméra flotte parmi le calme de leur ivresse, à la recherche de Noodles qui apparaît au bout de quelques secondes ou de plusieurs minutes, en tout cas interminables, seul et coupable. Les yeux clos, la bouche ouverte, il s'abandonne à la parenthèse de ce lieu. Dehors, ses associés et amis de toujours viennent de trouver la mort, la tentative d'arrestation par le FBI a mal tourné. C'est lui qui les a dénoncés, peu avant, d'un coup de téléphone, espérant ainsi les protéger d'eux-mêmes, empêcher leur projet suicidaire de braquage de la Banque Fédérale de New York. À son réveil, une sonnerie de téléphone jaillit d'un espace indéterminé, peut-être de son esprit même, hanté par la trahison, et les mains du gangster s'empressent de tendre le fourneau de sa pipe sur la pointe d'une flamme pour en aspirer les fumées de l'oubli. Le téléphone sonne. La sonnerie est l'instrument du destin, elle se dilate dans le temps perdu avec les souvenirs, les remords et la fin de l'espoir.

Les salves du téléphone sont cruelles. Une musique de la lenteur du temps et d'une mémoire qui se cherche, elle hypnotise en même temps qu'elle obsède. Pris d'une panique soudaine, j'ai failli m'enfuir de la salle de cinéma la première fois que j'ai voulu voir ce film. Cette sonnerie semblait ne jamais devoir s'arrêter, le film reposerait tout entier sur elle. Les premières secondes étaient seulement pénibles, ce type de sonnerie n'est pas conçu pour être agréable à l'oreille, il est fonctionnel, il n'a aucune raison de ne pas être agressif. Puis la sonnerie s'acharne, son volume augmente et sa pression acoustique m'envahit. J'ai été surpris par la détresse dans laquelle elle parvenait à me plonger. Les vagues étaient des intrusions dans les abîmes d'une fragilité qui m'était inconnue. J'étais l'un des corps assoupis et évadés d'eux-mêmes que cette sonnerie venait déranger à un endroit secret et rempart au monde extérieur.

Le téléphone sonne. Mes parents ne l'ont jamais remplacé. Mes tympans vibrent à chaque roulement d'impacts. Je ne peux pas lui échapper. Il y a un autre téléphone dans la chambre de mes parents, les sonneries se cumulent. Une vibration en stéréo qui traverse les cloisons et nos corps. Rien n'a changé. Le visage sidéré de mon frère se tord, puis se ferme. Il tente de s'enfouir sous lui-même pour qu'on ne le retrouve pas. Je sens mon sternum brûler, mon ventre se serrer.

Ça réveille ma mère. Mon père ne bouge pas. Qui cela peut-il être à cette heure-ci, le jour de Noël ? Il n'y a plus que nous. De l'autre côté de la sonnerie, il y a pourtant quelqu'un. Derrière chaque sonnerie il y a quelqu'un. Ma mère le sait. Il y a quelqu'un de précis avec un motif d'appel précis. Les faux numéros sont rares. Le quelqu'un appelle précisément ici, à ce numéro ; il nous appelle, nous. Nous quatre. Il appelle pour demander, pour annoncer, pour informer, pour menacer. Il me surprend toujours. Il n'est pas poli, il ne prévient pas avant de s'introduire. Le quelqu'un appelle à l'appartement, il appelle au travail, il peut même appeler les voisins, des collègues. Le quelqu'un appelle pour faire les comptes, il demande de l'argent. Il demande une petite maison. Il intimide avec des calendriers, évoque des échéances, des pénalités, il a les bonnes formules. Il veut un argent inconnu et invisible. Il demande si je suis seul à la maison, il demande à parler à mon père. À ma mère ?

Le quelqu'un glisse aussi des courriers dans la boîte aux lettres, il écrit tout ça noir sur blanc sur un papier léger qui ne lui coûte presque rien. Ce n'est pas un escroc. Il a le droit. Les courriers, mon père en a plein son cagibi. Il est rempli, il déborde, puis les courriers comme les mensonges lui échappent. Ils parviennent à destination. Ils atterrissent sur le vieux bahut, près du téléphone, dans les mains de ma mère, sous nos yeux. Les courriers essaient de rattraper le temps. Ils sont très impatients, ils protestent. Ils sont extrêmement lisibles. Leur clarté est une fureur qui sidère. C'est un ordre qui assiège. Reprendre le vocabulaire idoine : c'est une mise en demeure de rester là où nous sommes, devant le vieux bahut, le papier sous les yeux à tenter de lire d'une autre manière l'irrévocable en espérant que ce n'est pas si sérieux, que ce n'est pas un autre crédit, un de plus, mais un que l'on connaît déjà et qui fait moins peur.

Le quelqu'un frappe parfois à la porte. Il se présente. Il a toujours un nom. Il a tous les noms, ils se confondent, Cofinoga, Cofidis, AXA Crédit, Cetelem, Gan, Crédit Agricole, Caisse d'Épargne, Sofinco, la Banque, ça n'a aucune importance, ce sont tous les mêmes et ils veulent tous la même chose. Cette fois le quelqu'un a perdu patience. Il veut entrer dans l'appartement pour voir et s'emparer. C'est un messager qui emporte les dernières illusions. Il est plus concret que le téléphone ou la boîte aux lettres, ses pieds sont sur le paillasson. Le quelqu'un est accompagné, il ne peut pas porter les objets seul avec ses petits bras. Ma mère voit à peine les silhouettes derrière lui, elles sont impassibles mais tout de même effrayantes. Le quelqu'un tient dans les mains un document avec la signature de ma mère. Une signature suffit, même une imitation. Elle n'a pas le temps d'être surprise, humiliée, et de voir sa vie pourtant simple s'effondrer, de sentir son temps s'arrêter. Le quelqu'un est pressé, il vient justement pour ça, pour voler du temps. Plus tard, elle aura tout le loisir de penser à Juliette trahie elle aussi par Berthier qui a imité sa signature pour liquider l'argent de son plan d'épargne logement. Pour elles, les crédits sont apparus comme ça, par les faussaires. Ma mère essaie de montrer l'erreur, la supercherie, de convaincre le quelqu'un de ne pas entrer aujourd'hui. Il y a des enfants à l'intérieur, il y a mon frère et moi qui regardons la télé. Ce sont des enfants calmes, ce sont des enfants sages. Ils ne sont au courant de rien. Elle s'engage à trouver des solutions rapides, un argent qu'elle devra arracher pour ne pas nous priver de télé. Elle le prie de la croire, elle réussit à le convaincre parce qu'elle est persuadée de n'être pour rien dans cette situation.

Ma mère demande à mon frère de répondre. Il refuse sans la regarder. Elle se tourne vers moi. Impossible, je ne vis plus ici. Elle se lève du canapé en nous jetant un regard noir. Mon père en profite pour changer de chaîne.

Ma mère décroche le combiné.

Heureusement, c'est une erreur de numéro.

Heureusement, c'est une erreur d'adresse.

Heureusement, c'est l'invité du voisin, un peu saoul, qui s'est trompé d'étage.

Perdre mes dents. Les sentir glisser de ma mâchoire entre mes lèvres, les cracher dans ma main comme des santons de galettes des rois. Goûter l'air dans ma bouche à des endroits nouveaux. Laisser ma langue arpenter avec terreur la béance de ce nouveau relief interne.

Perdre le contrôle de la voiture, accélérer pour freiner, sentir la vitesse tirer mon corps vers l'avant, ne pas pouvoir tourner le volant bloqué, tout voir se rapprocher contre la carrosserie du véhicule qui se froisse progressivement et fermer les yeux.

Me battre. Vouloir frapper avec rage sans jamais atteindre ma cible. Un visage haï, une poitrine dédaigneuse, la morgue d'un ventre. Voir mes poings racler le vent ridicule et s'affoler.

Courir sur du néant sans pouvoir avancer. Ne pas arriver à rejoindre ce qui doit l'être, s'essouffler, paniquer, puis renoncer. Couler.

Ces rêves au bord du cauchemar, je les fais depuis longtemps et souvent. Ils ne varient pas. Ils ont le format court de clips ou de publicités. De petites boucles de faillites banales qui me tiennent compagnie. Ils se terminent chaque fois au point culminant de l'échec : au réveil, ils habitent mon corps par l'entrave des gestes, enrobent mes élans, mes désirs, une ombre perfide qui me suit à la trace.

Dans un entretien donné peu d'années avant de mourir, Sergio Leone déclare que l'opium est la seule drogue qui donne accès à des rêves inconnus, des rêves du futur, les autres sont des drogues du passé, qui ressassent. Par l'opium, le héros se raconte une fable, imagine ce que l'avenir pourrait lui réserver.

Quand un petit gangster juif new-yorkais de seconde zone devient écrivain, contraint de mettre des mots de romans et de films noirs sur des faits d'armes sans gloire pour enfin se faire un nom, pour s'immiscer dans l'illusion, Leone est fasciné par ces mémoires vaniteuses, bien qu'elles soient médiocres et passées inaperçues. En rencontrant l'auteur, il constate dans les propos de cet homme de main à la retraite, encore groggy par les tours de manège du rêve américain, les effets d'une fiction universelle et légendaire de la violence, de la passion, du sexe, de la traîtrise et de l'amitié que seule peut rassembler la nation-continent. Son film est là : l'imaginaire qui efface la réalité. On lui reproche de ne jamais faire de films sur son pays natal, il répond que l'Italie n'est toujours pas assez grande. Lui aussi est encore un enfant, un rêveur. Il a grandi avec le cinéma des États-Unis, le livre du gangster raté est le prétexte parfait pour un grand rêve d'Amérique : tandis que Noodles se perd dans le songe du déroulement possible de sa vie, Leone l'Européen fantasme le mythe du Nouveau Monde. Durant plus d'une dizaine d'années il ne tourne pas, refuse tous les projets qu'on lui propose, persuadé de n'avoir rien de meilleur à raconter, et parvient finalement à convaincre des producteurs de financer le film.

Entre Noodles et lui, il ajoute le temps, le principal protagoniste selon Leone. Il lui donne vie au montage en explosant la chronologie et la durée, en construisant le dédale de la mémoire du héros. Pour seul repère, la fumerie du théâtre qui ouvre et clôt le long métrage, comme si le lieu dispensait une morale à lire dans l'espace. L'opium est le véhicule, il permet au héros de faire le voyage dans le temps du conte.

Mais Sergio Leone se trompe, le trip lui a échappé. Son héros ne navigue pas vers le futur. Il rumine. Il fait du surplace, enfermé dans le moment de sa traîtrise, la vie entière de culpabilité qui l'attend. Le sourire énigmatique de défoncé qu'il arbore dans le plan final, vautré sur sa couche, n'est pas une pirouette de réalisateur pour semer le doute et me perdre dans l'ambiguïté de la structure de son œuvre. Ce n'est pas un sourire moqueur qui me serait adressé pour signifier que ce que je viens de voir n'est peut-être pas vraiment ce que j'ai vu ou voulu voir, que rien en somme n'est à prendre au sérieux, si ce n'est l'amour du cinéaste pour le cinéma. C'est une splendide grimace de désespoir, le rictus d'une nostalgie malade. À la place des rêveries d'avenir que suggère Leone, il n'y a que le temps suspendu par une sonnerie de téléphone perpétuelle.

Comme Noodles, je suis incapable de m'abandonner au futur. Je ne discerne à l'image qu'une durée coutumière, un présent figé dans lequel j'ai le sentiment étrange que nous errons, mon frère et moi, à la traîne du reste des vivants. Une temporalité de l'impuissance dépourvue de rêves nouveaux. Quand tout est apparu, quand tout est su, que la déflagration de la faute et des crédits s'est répandue sous chaque pli de nos existences, plus besoin de mentir, de cacher ou de réfléchir : il ne reste qu'à payer.

Moins naïf sur les ravages du temps, Leone n'aurait jamais accepté de terminer son film par un *happy end* comme Gérard Jugnot l'a fait avec le sien. Il aurait poursuivi l'histoire pour tenir jusqu'à la dernière minute une comédie au moins douce-amère. Avec les retrouvailles émouvantes de Berthier et Juliette, Jugnot redirige notre ultime regard vers une très belle histoire d'amour et de solidarité. Il n'envisage d'éclairer son alerte sur la pauvreté et le sort des sans-abri qu'à travers ces valeurs. L'envie de résumer son film à cela est séduisante, c'est finalement le plus important, c'est le socle de tout. La tentation est forte d'avancer dans le temps, de penser à la suite pour retrouver un Berthier meilleur qu'avant, sublimé par son expérience au contact des plus démunis. Jugnot a fait l'effort périlleux de lever le voile sur une réalité sociale de son époque. Pourtant, il ne va pas jusqu'au bout de la misère. Lui et ses producteurs ne laissent pas le temps à son film, astreint au format resserré de la comédie grand public, de montrer que, après les embrassades et les larmes de joie, il ne se passera plus rien dans la vie des personnages. Rien que Jugnot souhaite ou soit capable de raconter en tant que cinéaste. Des histoires sans avenir ne font pas recette. Le film camoufle l'inertie des dettes, qui n'ont pas bougé à la suite du départ de Berthier du domicile conjugal et de sa tombée dans la cloche. Elles ont même forci en son absence. La véritable histoire est sans *happy end* possible : Berthier a volé Juliette et s'est endetté massivement pour maintenir son train de vie le plus longtemps possible avant de chuter. Quand il retrouvera la chaleur de son domicile, qu'il déclarera une adresse, qu'il regagnera un emploi et une solvabilité, la Banque, qui a bonne mémoire, le retrouvera, les dettes réapparaîtront et tout s'arrêtera de nouveau. Il faut payer.

Ma mère ne peut encore le verbaliser. Pourtant, elle pleure dans la salle de cinéma à la fin du film. Elle n'est pas émue par l'histoire d'amour ni par la solidarité à l'œuvre entre les personnages. Elle est loin de tout ça. Elle porte quelques bons sentiments en elle, mais ne croit plus à leurs effets sur le réel. Ma mère nous disait sans arrêt à mon frère et moi de travailler à l'école. Pas pour apprendre, s'armer intellectuellement ou se forger un regard critique sur le monde, mais pour gagner plus que son petit SMIC d'employée sans diplôme. Cet argument n'a jamais produit d'effet, nous n'avons pas travaillé avec ardeur, pas fait de grandes études et n'exerçons pas d'emplois bien rémunérés. Mon rapport à l'argent ne tient pas qu'à celui qui rentre, à la fausse promesse d'un bon revenu, il s'inquiète d'abord de celui qui sort.

Ce qu'il faut payer, dans l'ordre : pénalités / intérêts / capital. Le montant du salaire n'est pas un problème : bien que faible, il était versé sur le compte bancaire du ménage pour que la Banque y prélève automatiquement plus de la moitié du solde chaque mois. Ma mère et mon père ont tardé à comprendre que ce n'était pas encore suffisant pour espérer rembourser le capital, les sommes de base concrètement consommées dans les objets, et voir la dette diminuer un jour peu à peu. Les taux d'intérêt étaient trop forts et mouvants, les retards de paiement avaient trop duré. À force de manipulations, mon père apprenti-sorcier-photographe a transformé le présent, devenu tout à la fois le passé et le futur. Le temps n'avançait plus, il ne servait à rien, n'effaçait rien, il n'existait plus. Alors que je voyais mes os grandir, ma peau s'étirer et se raffermir, des poils pousser sur mon corps, mon visage tenter de prendre un autre tour que celui de la photo, à côté de nous les crédits restaient immobiles et occupaient la même place, immense. L'appartement était notre théâtre d'ombres, notre fumerie sans volutes d'avenir. À la fenêtre je voyais les fleurs printanières éclore dans les jardins des pavillons, les feuilles des arbres tomber sur le macadam du parking en automne, j'observais des locataires de l'immeuble charger leurs cartons dans un camion de déménagement, je me cachais derrière les volets pour espionner le flirt des adolescents sur le banc des espaces verts, je tenais le compte des nouveau-nés qui pour la première fois franchissaient le seuil du hall d'entrée dans leur landau, et je suivais du regard les ambulances qui emmenaient les plus vieux voisins mourir dans un autre lit que le leur. Mais chez nous, plus rien ne semblait pouvoir se rompre, pas même notre amour les uns pour les autres. Nous étions écrasés par un présent qui avait détruit le cours des choses, spectateurs éteints du vol de notre temps à vivre, de nos choix, de nos options, de nos possibles. Réduire ce qui sera à ce qui est. Le *plus tard* n'existait pas, jusqu'à ne plus y penser, ne pas savoir l'imaginer. Le *plus tard* ne pouvait pas être autre chose qu'un *maintenant*. Qu'aimerais-tu, que voudrais-tu faire plus tard ? Je ne sais pas. Aucune idée. Je n'en ai aucune idée. Je ne peux faire que des rêves de l'instant et de la torpeur.

Ne pas pouvoir m'évader de la photo. Rester un fils pour toujours.

Les volets demeurés entrouverts glissent sur leurs rails et font un tapage intermittent de roulements de tambour sous la pression du vent. Ma mère annonce qu'elle va bientôt aller se coucher, elle nous demande de les fermer. Nous acquiesçons vaguement, mon frère et moi. Mon père fait semblant de ne pas avoir entendu. Pour donner un ordre, elle a l'habitude d'attirer notre attention avec un petit bruit de bouche pointu, comme on appellerait un chat ou un chien. Ses lèvres avancent et se resserrent en cul-de-poule pour produire deux brèves succions consécutives. Une sorte de double *tchip*, vif et sonore. Elle imite une des manies de Louis de Funès dans le rôle de Septime, patron du *Grand Restaurant*. Il y interpelle ses employés de cette façon à la fois ferme, ridicule et suffisamment discrète pour ne pas déranger sa riche clientèle.

Le soir, ma mère regarde la télé. C'est comme ça. Il n'y a qu'un seul téléviseur dans l'appartement. Le calme qu'elle nous offre est celui que choisit ma mère. Le calme arrive le soir. Comme au vidéo-club, elle a le dernier mot sur le choix du programme.

Quand nous vivions encore dans l'appartement, mon frère et moi, il fallait nous adapter ou trouver autre chose à faire de notre soirée. Mon père devait fréquemment se résoudre à aller bricoler dans son cagibi. Les compromis en notre faveur étaient exceptionnels et souvent le fruit du hasard. Par bonheur, un consensus solide et jamais démenti nous rassemblait autour de Louis de Funès, qui occupait très régulièrement l'antenne. Nous avions à notre disposition l'ensemble de sa filmographie majeure, celle de la consécration tardive, là où l'acteur déploie un catalogue de jeu patiemment élaboré durant les longues années de seconds rôles et de figuration de la première moitié de sa carrière : les postures, les mimiques, les *Non mais c'est fini oui !*, les *Regardez-moi là, vous, toujours là !*, les registres de voix, les *Foutez-moi l'camp ou j'te tape !*, les déplacements, sa vitesse, sa débauche d'énergie, son tempo. Par la fascination et le rire, à force de regarder en boucle et de rejouer nos scènes favorites, tout le mime, la grammaire d'un Louis de Funès mature, a pénétré nos langues et nos corps. Nous avons chacun revêtu une part de notre propre version du costume defunèsien, confectionné dans un corpus constamment renouvelé par l'unanimité d'un fou rire : une manière d'être, verbale et non verbale, incompréhensible pour le profane, un répertoire de communication dont nous quatre étions les seuls dépositaires. Ma mère qui s'adressait à nous comme l'aurait fait le sévère Septime, pour nous demander un service aussi banal que de fermer des volets, n'était donc pas autoritaire et rude, ou elle ne me paraissait pas l'être, puisque de Funès était drôle.

Nous ne sommes pas des enfants Disney, cela ennuyait ma mère de nous emmener voir des dessins animés au cinéma ou de nous laisser regarder ceux de la télé le soir de Noël. Si elle était partie prenante de nos activités, il fallait d'abord qu'elles soient à son goût. Nous ne sommes pas les enfants du monde merveilleux de Walt Disney mais ceux de la fièvre de Louis de Funès, car lui sait comment faire rire ma mère. Pas le même rire que celui de mon frère et moi, instinctif, burlesque et innocent. Plutôt un rire d'admiration et d'identification. Mon père rit aussi devant de Funès, mais ses films sont pour lui un divertissement. Ma mère se les approprie sous un angle plus large et profond, en évoque davantage le contenu modèle. À travers ses rôles d'homme atrabilaire, l'acteur incarne une représentation séduisante de la colère. Elle le reconnaît comme un pair, il fait autorité dans son imaginaire de la relation humaine. La colère est simple, rapide, elle ne s'encombre de rien. Ma mère préfère les gens en colère aux autres, ils ont raison d'exercer leur pouvoir par la force, la quiétude ne fait qu'affaiblir le caractère. Il faut être énervé pour susciter la crainte, gage de respect. C'est une valeur déterminante pour bon nombre d'aspects de son existence. Il faut être énervé pour continuer à vivre et survivre. Louis de Funès en est une preuve qui résonne en elle avec une autre illustration plus élémentaire et intime : la fureur du Lion.

Qui était ce père qui lui manquait tant ? Qu'avait-il de si exceptionnel pour déclencher une dépression aussi ravageuse ? À la moindre occasion, elle évoquait son souvenir. Pas pour nous donner des exemples de l'affection qu'il lui manifestait, mais pour dire combien il savait se faire respecter mieux que tout autre : les signaux physiques admirables qui annonçaient son courroux – pâleur soudaine du visage, tremblements des mains –, son renoncement à la chasse pour ne pas posséder une arme à feu qu'il se savait capable d'utiliser au premier coup de sang, ses opinions inébranlables, la vulgarité de son langage, les mises en garde proférées, le danger potentiel qu'il était persuadé de représenter pour les autres. La meilleure des colères est incontrôlable. Toutes ces histoires, de la plus anodine à la plus menaçante, témoignaient du panache de son emportement. Le Lion était l'étendard de la conception la plus primitive que ma mère pouvait se faire de la virilité, exemplaire par son efficacité dans la bataille de la domination, une figure paternelle idéale qu'elle voulait nous faire aimer comme elle l'aimait, à tout prix.

Le Lion n'est jamais vraiment mort. Il est à l'intérieur de ma mère, la possède. Il enrage d'avoir été arraché si tôt à la vie, par sa bouche il hurle de douleur. Après le chagrin, le gouffre de la mélancolie, ma mère s'est évanouie dans une colère perpétuelle. Nous n'étions pas directement visés, mais il fallait limiter les manifestations de notre présence : le bruit, nos gestes, notre encombrement, la saleté, l'impact de nos vies sur la sienne, laquelle semblait si douloureuse. Durant les moments de terreur, je voyais mon frère se réfugier dans la même attitude que moi, une mise en veille. Plus rien n'avait de sens ni de valeur, si ce n'est le secours de l'attente. Pas besoin de parler entre nous pour comprendre que nos vies se résumaient tout à coup à scruter les signes d'évolution de la crise. Anticiper les réactions, prévoir le pire. Nous nous cachions dans une immobilité de corps et de désir, un mouvement de trop aurait pu aggraver les choses. Le visage de De Funès ne cache rien des états de ses personnages ; je lisais celui de ma mère sans me poser de questions sur ses pensées ou son ressenti. C'est ce qui me faisait peur et rire.

Je croyais que les larmes féroces de ma mère ne coulaient que pour le Lion, mais quand les crédits ont pris leur place en elle, c'est devenu plus flou. La colère s'est encore amplifiée. Elle devait se déployer sans entrave, les circonstances le permettaient, l'imposaient pour résister au temps qui venait de s'arrêter et de s'abattre sur elle. Ma mère pouvait enfin donner libre cours à cette puissance endormie, céder à son appel. Colère mère. Mère colère. La colère était déjà présente avant tous les drames, ma mère soumise à sa tutelle depuis des générations sans âge. Avant toutes les morts. Mon frère le savait, lui qui avait vécu avant moi. Il faut être triste parce que le Lion, mon père et les crédits ont privé ma mère de choix et de liberté.

Mais par rapport à sa propre mère, Leonor, Louis de Funès se jugeait de marbre. Issue de la bourgeoisie madrilène, elle avait quitté son milieu et son pays pour épouser un rêveur incapable de subvenir aux besoins de sa famille, qui l'abandonnera des années plus tard en simulant son suicide avec une paire de chaussures, un chapeau et une lettre posés sur la berge d'un canal. Aux journalistes et critiques qui ne cessaient de s'interroger sur la genèse de son jeu, de Funès déclarait s'inspirer de cette mère habituée à se répandre pour la moindre broutille en de dramatiques lamentations sur un sort qui ne cessait de s'acharner contre elle, capable de lancer de spectaculaires malédictions, de poursuivre autour d'une table en le menaçant de mort celui de ses trois enfants qui osait la contrarier, de fomenter avec malice de subtils stratagèmes pour obtenir d'eux ce qu'elle désirait, puis finalement, de se moquer elle-même de la dépense excessive de ses humeurs.

La colère, comme l'écriture, n'est pas innée, elle s'apprend avec patience, par l'exemple. Si j'étais capable d'écrire la colère de ma mère, vous ne pourriez pas croire qu'elle nous a aimés. De Funès, comme moi, a appris la colère par l'amour de sa mère. Dans chacun de ses films, même les plus médiocres, il est un soulagement. Au risque de s'enfermer dans le même emploi toute sa carrière, il a construit un personnage d'une présence si forte qu'il franchit les frontières de la fiction. Des colères de ma mère, il était permis de rire, ce que nous faisions souvent tous les quatre une fois celles-ci terminées, quand elles devenaient pardonnables. La colère est drôle, la violence est permise. De Funès se joue de la colère autant que nécessaire pour que je n'abhorre pas celle qui m'a mis au monde. Il emprunte ses ressorts de jeu aux méchants *dell'arte*, Polichinelle, Pantalon ou Magnifico chez qui les mauvais sentiments n'ont d'égal que les déboires, archétypes qui inspirent autant de répulsion que d'empathie, à l'instar de ma mère, dangereuse victime à qui je ne me permets pas d'en vouloir. Comment se défendre, alors ?

Ce n'est pas Barrère de Tartas qui éructe le célèbre monologue de l'hiberné avant d'improviser un pas de danse endiablé à la fin d'*Hibernatus*, ce n'est pas Fourchaume qui détruit à grands coups de pelle *Le Petit Baigneur*, c'est encore moins le Barnier d'*Oscar*, qui tire sur son nez jusqu'à en arracher les tissus par le seul génie du geste, non, de Funès est la proie d'une impénétrable rogne qui visse, serre, ronge, étouffe et trompe la vie. Regardez à nouveau : de Funès est toujours sérieux. Les chroniqueurs s'étonnaient de ne pas rencontrer hors des plateaux un homme aussi hilarant que ses personnages, contrairement à son ami Bourvil par exemple, de le voir adopter une gravité, un caractère renfermé, plat, dès que les projecteurs s'éteignaient. Exaspéré, de Funès répond un jour à l'un d'eux qu'il n'est jamais drôle, il est le même devant la caméra et dans sa vie quotidienne. C'est la situation, le scenario qui est drôle. Lui est à son service. Il met le sérieux de sa fureur à la disposition du film. Il ne plaisante pas avec la colère. Elle transforme Louis en de Funès, il en est comme moi prisonnier. Nous sommes les enfants de cette colère. Par la répétition de son spectacle ahurissant, surnaturel, effroyable et risible, son vertige a reflué en moi sous la chaleur d'un inéluctable atavisme, grisant et dévastateur. Ce soir, je pourrais facilement la retourner contre ma mère qui a réussi à nous protéger de tout sauf d'elle-même, me venger de mon père qui a semé d'obstacles le parcours de nos enfances, je pourrais convoquer mes parents comme ils nous ont convoqués à la naissance, sans nous demander notre avis, sans conscience de leurs actes, sans nous mettre en garde contre les feux qui brûlent partout. Si j'étais capable d'écrire ma colère, le vacarme de mes mots leur ferait envier les sourds, la lecture de mes phrases leur couperait le souffle, le poids de l'outrance ferait trembler leurs doigts, et le papier de la page exploserait leurs yeux pleins de larmes évaporées, après leurs ongles rendus noirs, après la peau de leurs bras devenue craquante, après leurs poitrines, leurs jambes réduites en cendres bleues, dispersées aux quatre coins de la folie de leurs esprits ; ils ne sauraient plus comprendre la teneur du lien qui nous unit malgré nous. Mais il y a mieux à faire que de bousculer ce qui reste d'amour.

Ma mère retourne dans la salle de bain pour les derniers préparatifs de son visage, ses mains, ses pieds, son corps dont elle prend le plus grand soin, avant de sortir faire des courses, lire un magazine, faire l'amour, manger, travailler, avant d'aller se coucher. Nous l'entendons de loin nous proposer de rester dormir ici, dans nos chambres d'enfants. Ce n'est pas prudent de repartir avec cette tempête, ils l'ont bien dit à la télé. Elle a fermé les volets de sa chambre et nous fait remarquer que les autres ne le sont toujours pas. Mon père ne répond pas. Nous nous levons, mon frère et moi. Je commence par mon ancienne chambre, tandis que mon frère se dirige vers la sienne. Les volets sont repliés en accordéon de chaque côté des fenêtres. Ce sont de nouveaux modèles, taillés dans la même matière plastique grossière que les anciens, mais qui ne laissent plus rien passer de l'éclairage nocturne des allées piétonnes et du parking de l'immeuble. Il m'arrive encore d'être effrayé par le noir absolu et sa solitude, elle ne m'a jamais quitté. Un fil de lumière réussissait auparavant à se faufiler entre les battants et leurs extrémités pour surligner les contours du chambranle. Cette nuit, je ne sais pas si j'arriverai à fermer l'œil, seul dans ce trou. Les biographes n'en parlent pas, pourtant je suis certain que Louis aussi avait peur du noir.

Un de nos voisins les plus historiques, un de ceux qui avancent en parallèle de nos vies depuis le début et nous connaissent mieux que nous voulons bien le croire, s'amuse encore de la persistance de ma phobie lorsqu'il me croise dans l'ascenseur.

Il fait noir sous tes paupières quand tu fermes les yeux.

Il fait noir et pourtant tu n'as pas peur.

N'aie pas peur quand tu les ouvres, les ténèbres de ta chambre ne sont pas des ténèbres, c'est seulement l'heure de dormir.

Je passe devant l'écran pour accéder à la fenêtre de la salle à manger. Mon père me dit que ce qu'il est en train de regarder est super. J'ouvre, et la pression d'une longue rafale couvre immédiatement le son de la télé. La pluie me fouette la figure et trempe les verres de mes lunettes, l'air est solide, je n'arrive pas à tenir attachés les deux pans de volet. Mon père, sans quitter la télé des yeux, s'affole un peu, me demande de faire attention. Il est sur le point de se lever quand mon frère revient dans la salle à manger pour m'aider. Je parviens à faire glisser le crochet en acier qui les maintient, nous fermons la fenêtre en repoussant le vent à quatre mains.

Avant d'aller au lit, ma mère avale comme tous les soirs le léger anxiolytique qu'elle va piocher dans un des placards de la cuisine. Les placards de la salle de bain sont trop petits pour contenir les médicaments. En finissant son verre d'eau, elle suggère, pour mettre l'appartement complètement à l'abri, de fermer aussi les volets de la baie vitrée.

La cuisine a la forme étroite d'un container que vient prolonger la loggia. Un long corridor qui écrase. D'un côté, l'évier, la gazinière, la machine à laver, le buffet, les placards. De l'autre, le frigo, un mur, une table et quatre chaises. Un mince passage au milieu, et par-dessus, deux suspensions en verre qui diffusent une lumière trop proche de nos têtes. Les repas se prennent sur les coins d'une table rectangulaire placée contre le mur vide, coudes et genoux serrés, la place manque pour se rassembler autour d'une table ronde comme celle de la salle à manger où l'on ne mange jamais. Il est difficile de circuler, et même simplement de se tenir debout sans gêner l'autre. Je dois m'asseoir ou sortir. Je peux rester ou m'éloigner.

La loggia n'a jamais été investie par mes parents, surface au sol inexploitée, les quatre parois du cube de béton nu, plafond, sol, face nord, face sud, sont à peine recouvertes d'une fine couche de peinture. Ma mère ne s'accoude plus à son rebord une cigarette à la main. Elle a arrêté de fumer depuis longtemps, elle n'en a simplement plus envie. La loggia ne sert qu'à mettre un peu le nez dehors, à surveiller les allées et venues des voisins sur le parking de l'immeuble, à échanger quelques mots rapides avec eux, par en haut.

Quand mon frère ouvre la baie vitrée, j'observe l'air tournoyer à l'intérieur du cube, se débattre au-dessus des gouttes de pluie accumulées sur le sol froid et glissant. Il vient de loin, il ne s'attendait pas à cette architecture de la rupture des horizons qui soudain le retient. Depuis les altitudes, les tréfonds, il a suivi les lignes mères du monde, les lignes de fuite, sans rencontrer jusque-là une telle résistance insolite. Notre arrivée lui offre la poussée nécessaire pour rejoindre de nouveau les grands flux, et je l'écoute se fondre dans le frottement des vieux peupliers qui bordent la rivière. Les branches les plus lourdes grincent et craquent sous son étreinte. Je me réjouis de l'entendre se déchaîner vers des hauteurs de plus en plus aiguës, un mouvement répétitif et lascif.

Plus jeune, mon frère rêvait d'aller à la rencontre du vent. Le grand large des mers et des océans étant inaccessible, il gardait l'espoir de profiter d'un violent orage d'été. Posté à l'abri, en haut d'une colline ou au milieu d'une grande prairie dégagée, il espérait observer la folie la plus légitime à un endroit où elle devait le mieux s'exprimer. Il voulait s'étourdir au contact de l'aventure des éléments, imaginer la portée de son corps sur le vent alimentait toutes sortes de spéculations. En décembre 1999, il n'avait toujours pas réalisé son projet. Conscient de l'occasion unique qui se présentait, et sous-estimant volontairement le danger, mon frère m'a proposé de l'accompagner sur une crête du causse qui surplombe la rivière pour admirer la tempête. Je ne l'avais jamais vu aussi excité, il avait tout préparé : de vieux casques de mobylette seraient bienvenus pour nous protéger des débris ; faute de vestes imperméables, plusieurs couches de grands sacs-poubelles viendraient se superposer à nos blousons d'hiver. Un repérage sur le plateau était nécessaire pour déterminer le meilleur poste d'observation, restait à trouver une lampe torche et deux paires de bottes en caoutchouc. En cas de péril, nous pourrions nous réfugier dans une vieille cabane de pierres sèches, indestructible, qui se dresse encore dans cette partie du causse. Je nous voyais nous y engouffrer au cœur de la nuit, assourdis par le bourdonnement des derniers tourbillons encore coincés entre nos oreilles, la peau de la figure tannée par les bourrasques, après avoir couru, marché, crié, chanté, sauté les bras en croix pour embrasser les plus forts courants, sans avoir vu grand-chose à la maigre lueur de nos frontales, mais ressenti aussi bien qu'un aveugle, et pour la première fois, le remous du monde. Les sons familiers de son corps, de son haleine, revenaient peu à peu à mon frère, affalé sur la vieille terre battue ; l'eau finissait de s'écouler sur son front et entre ses lèvres incapables d'articuler des mots, tant son cerveau était rassasié de sensations simples et inimaginables. Il retournait à sa position de spectateur, captivé par le détail de la danse d'un jeune chêne pubescent face à l'ouverture de la cabane.

Mon frère éteint les lumières de la cuisine pour mieux plonger dans la tempête. La pluie a faibli, nous approchons du rebord de la loggia après en avoir essuyé le sol. À même hauteur, la lumière des lampadaires mêlée à l'humidité lourde de la dépression barre la vue du terrain vague et des rues pavillonnaires. Hormis le scintillement épars des décorations de Noël, nous ne distinguons que le cordon de voitures qui s'enroule autour de l'immeuble, les dernières feuilles mortes, quelques déchets de poubelles renversées, qui courent sur le vieux bitume troué.

Elle est la seule voiture à dépasser de l'ordre du parking, la plus longue, plate, sans charme. Comme Berthier remplace, sous l'injonction de la Banque, le luxe de sa Volvo par une voiture hors d'âge, mon père a renoncé à la vitalité de la 405 pour la sobriété d'une Renault 21 d'occasion en version break Nevada, moins chère et plus fiable, au nom évocateur de grands espaces et de trajets au long cours. Il espérait ne pas faire d'erreur cette fois, choisir à contrecœur le modèle le plus raisonnable, une voiture exclusivement familiale, le plaisir ne devait plus être un critère. Ma mère la surnomme encore le *paquebot*, un bâtiment à manœuvrer avec le concours et la vigilance de tous ses passagers, trop grand, trop lourd, trop lent. La cinquième vitesse ne passait pas du premier coup, mais ma mère n'avait pas le choix : la petite Samba, qui n'en comptait que quatre, avait été vendue, elle aussi. Le paquebot était plus confortable que la 405, il n'avait pas cette odeur vomitive de neuf, il ne me gênait pas. Il dérangeait ma mère, il n'était pas à sa mesure, un argument supplémentaire de son désespoir et de sa colère.

Après les crédits, les objets de valeur ont été vendus. Les autres, invendables ou indispensables, sont devenus immuables, rien ne devait plus rentrer ni s'échanger. Pour la plupart, ils n'avaient pas l'attrait des absents, ils se sont fait oublier. Pas lui. Dès le premier pas posé dans l'enceinte de l'immeuble, je l'aperçois, je ne le regarde pas, encombrant, le paquebot impose ce que nous sommes devenus. Selon le slogan de la campagne publicitaire dédiée, c'est une voiture *à vivre*. Son coffre énorme, ses lignes rudimentaires mais fonctionnelles, sa peinture bleu ciel métallisée qui tourne au gris, ses fauteuils en velours très doux de la même couleur, ses grandes vitres qui laissaient tout voir de nous étaient le décor annexe de l'appartement.

Cela fait des années que ma mère ne veut plus conduire. Mon père a une voiture plus récente aujourd'hui et cherche à se séparer de la Nevada qui n'intéresse personne. La brader pour des pièces détachées, peut-être ? Il fait languir le paquebot sur le parking avec nos souvenirs, persuadé de pouvoir en tirer un meilleur prix.

Ma mère se glisse chaque soir sous la couette comme si elle n'avait jamais voulu en sortir. Sans précipitation, elle savoure dans la lenteur et l'habitude ce moment de relâchement, recouverte jusqu'au menton, elle ne se rue pas vers la nuit pour espérer le lendemain. Sa poitrine reprendra une respiration profonde, l'oubli s'étalera sur la surface du matelas, elle n'aura plus à attendre, à prévoir, à aller. Écartées, toutes les choses qu'elle ne fera jamais ; elle ne perdra pas son temps à les faire, elle ne sera plus tendue vers ce qui se dérobe, et goûtera peut-être au sentiment d'une vie bonne envers elle. Se départir de soi sans le savoir, sans pouvoir s'en réjouir pleinement, mais profiter de l'instant malgré tout.

Avant de s'endormir, depuis le fond de son lit, elle rappelle encore à mon père de ranger les photos, pas question de les voir encore là demain à son réveil, il doit veiller à les disposer dans le tiroir du bahut de la même manière qu'il les a trouvées. Même de très loin, malgré le son persistant de la télé, elle arrive à se faire comprendre sans s'égosiller. À mon frère et moi, elle redemande une dernière fois de bien fermer les volets de la loggia. Pour dormir, nous savons où sont rangés les draps.

Mon frère ne s'est jamais rendu sur le causse. Ma mère, mon père, inquiets, le lui ont interdit. Plutôt, ils ont réussi à l'en décourager. Mon frère n'a pas insisté. Lui et moi sommes restés à l'intérieur où nous ne risquions rien.

Ne crains rien, ma mère, le grand vent peut bien gonfler et souffler à son sommet, s'enrouler autour de chacune de ses façades, il ne fera pas bouger les murs de l'immeuble d'un millimètre. Au mieux, avec un peu de chance, il déracinera un lampadaire, l'empoignera très haut dans l'ombre, jouera quelques instants avec lui au gré de la rencontre des bouffées chaudes et des bouffées froides, puis au hasard, le larguera sur la carcasse du paquebot pour t'en débarrasser une bonne fois pour toutes. Un show gratuit. Le sifflet menaçant d'une chute qui semblera alors interminable emplira crescendo ciel et terre, avant que l'onde de la ferraille broyée par toute la longueur du fût de métal ne le coupe net, déchire les filaments instables de la gomme des pneus, pulvérise les vitres, les pare-brise, les phares, les feux en particules de polycarbonate et de verre Securit dispersés pour toujours dans le vivant, une huile noire et l'essence sans plomb 95 s'écouleront avec l'eau de pluie à travers la grille d'égout quand les voisins entrouvriront leurs volets, moins prudents qu'impatients de vérifier si, cette fois, le sort les a épargnés. Ils seront peut-être soulagés, comme toi, d'être débarrassés de cette voiture. Y voyaient-ils eux aussi un témoignage de leurs désillusions ?

Même après le passage dans le bureau de la Banque, Berthier demeure trop fier, ou trop lâche, pour admettre sa disgrâce. Quand Juliette apprend le vol de ses économies et le confronte, il s'obstine à inventer des excuses, des opportunités à saisir, un fantaisiste avenir de petit entrepreneur. Il provoque la rupture avec celle qu'il aime plutôt que d'affronter son regard. En quelques mots irréfléchis, il s'exile de son foyer, incapable de revenir à la raison pour faire machine arrière. C'est tentant d'aller au bout de la dégringolade, il n'a pas sondé l'étendue de son traumatisme de licencié, les dernières ficelles du jeu économique et social restent à découvrir dans un bouquet final de détresse. Quoi qu'il arrive, il ne retrouvera plus le détachement dont il jouissait vis-à-vis du malheur à son entour, le mirage de son ancienne vie de cadre ne lui est désormais plus permis, la lutte, ces derniers mois, a été trop âpre. Alors, Juliette, face à cet homme appelé par l'abîme, laisse exploser son dépit, elle expulse les objets personnels de Berthier par la porte d'entrée dans un fracas de vaudeville triste, qui contraste avec le calme mortifère du lotissement : disques compacts, livres, canapé, guéridon, chaîne hi-fi, vêtements, VHS, se répandent dans le jardinet à l'américaine de l'entrée et dans l'allée du garage. J'oserais rire si je n'avais pas maintes fois craint d'en être témoin dans le réel. Berthier ramasse ce que l'humidité du trottoir n'a pas gâché, charge tout sur le toit de son nouveau tacot, puis, sans un sou, se lance dans le froid de la nuit de décembre. La solitude, ça n'existe pas, dit la chanson. Il est rendu, il est à la rue.

Mon père n'a pas suivi Berthier jusqu'à cette extrémité. Son ego était insuffisant. Il a demandé des avances sur salaire, de l'argent à sa famille, contraint ma mère à faire de même avec sa propre mère, la veuve du Lion, il a étendu l'humiliation, compté sur les autres pour donner à mon frère et moi quelques étrennes à Noël qui nous permettaient, en les mutualisant, de nous payer une manière de nous distraire en dehors de la télé et du cinéma mensuel offert par le comité d'entreprise.

Nous n'avons jamais été à la rue, nous sommes restés au bord, dans l'appartement, et ma peur partout s'est installée.

Contrairement à Louis de Funès et à Gérard Jugnot, Sergio Leone est un enfant de la balle. C'est important pour la suite. Son père, Vincenzo, acteur de théâtre puis précurseur d'un cinéma muet florissant, a accumulé les films et la renommée jusqu'à occuper le poste influent de président de l'association des metteurs en scène italiens. L'arrivée au pouvoir des Chemises noires de Benito Mussolini bouleverse peu à peu sa carrière pour finir par l'entraver complètement. Au cours des dix premières années de la vie de son fils unique, il n'est plus engagé nulle part. Son foyer vivote grâce à l'argent de ses succès passés et à la vente de sa collection de meubles anciens, hérités d'une famille de petits propriétaires qui aurait préféré le voir embrasser la carrière d'avocat. Ce ne sont pas des meubles ordinaires, grossiers comme le vieux bahut de notre salle à manger, taillé dans un bois dont j'ignore la nature, qui ne vaut rien et qui un jour s'écroulera en réveillant d'effroi mes parents. Ils sont rares, quelques-uns typiquement romains, dessinés par des architectes illustres pour garnir les palais et les maisons qu'ils bâtissaient dans la ville. Les plus belles pièces quittent l'appartement familial du Trastevere sous le regard meurtri du jeune Sergio qui sait apprécier la valeur des choses, son père le lui a appris. Lorsque ce dernier retrouve le chemin inespéré des plateaux de tournage, la joie de l'enfant de voir pour la première fois le père exercer *en vrai* ce métier imaginaire, presque mythique, est contrariée par le début de la guerre et les privations qui dégradent encore un peu plus le quotidien.

Sergio Leone s'en souvient, il a pour réputation d'avoir bonne mémoire. Selon l'agenda de ses activités artistiques ou de ses affaires, il vient régulièrement en France. Parfois il y achète un tableau de maître, un meuble précieux, reconstitue la collection perdue. Un jour plus particulier que d'autres, il se promène autour de la gare Saint-Lazare, à Paris, accompagné de son ami l'écrivain et cinéaste Noël Simsolo qui rapporte l'anecdote. Dans un restaurant gastronomique, Leone vient de conclure une excellente opération financière et il s'apprête à obtenir le soir même, autour d'une autre grande table de la capitale, un accord pour la production d'*Il était une fois en Amérique*. Au hasard de la déambulation, les deux hommes passent devant une gargote répugnante où le réalisateur décide brusquement de s'arrêter prendre un café. Il s'installe à la première table libre sans s'attarder sur la crasse alentours et observe précisément ce qui est servi aux rares clients. Des frites exsudent une huile rance sur des feuilles de papier journal. Dans les assiettes, entre deux moitiés de pain dur comme du sable et rempli d'un fromage brun élastique, un amas de bouts de gras gluants imite la forme d'une saucisse de hot-dog qui exhale la mauvaise andouillette. Et pour faire avaler cette matière, du café, un liquide à la coulure étrange, versé dans des tasses trop petites pour se croire au milieu d'un décor usé de *diner* américain. Leone veut tout ça, il passe commande pour deux, sans demander l'accord de son ami. À peine a-t-il avalé deux frites et croqué dans le hot-dog du bout des lèvres, qu'il s'écarte de son plat en faisant crisser sa chaise en bois sur le vieux carrelage mosaïque. À son malheureux invité qui lui demande pourquoi il leur inflige un tel supplice quand ils viennent de déguster ce qui se fait de mieux, Leone répond qu'il a fait deux bonnes affaires ce jour-là, c'est exact, mais qu'il veut – il doit ? – manger cette saloperie pour se rappeler qu'il a longtemps été pauvre.

De Funès n'a pas besoin de se livrer à ce genre d'exercice. Tout est encore bien présent. Bien que sa fortune et l'avenir de ses enfants soient assurés par une réussite à la dimension inédite, il ne manque pas de souvenirs qui l'engluent dans la misère, dans la crainte de ne pas pouvoir nourrir sa famille ni payer le loyer. Avant la gloire, il a pendant tant d'années soupé de « nouilles grises ». On ne sait jamais ce qui peut arriver, à tout hasard, tout peut arriver. Le piano, il en a eu sa dose, il ne veut plus y poser un doigt ni l'entendre, il en a trop joué dans les grands restaurants du Paris occupé, toutes les nuits, toute la nuit, l'estomac creux, jusqu'à l'évanouissement, dans l'ambiance vert-de-gris des uniformes, des lâches et des planqués, sous l'autorité dédaigneuse de patrons qui ne lui accordaient pour tout salaire que des restes de cuisine tièdes et les maigres pourboires d'une clientèle idiote. Le flux sanguin de son cœur est chargé du poids de la panique avec laquelle il harcelait les producteurs pour multiplier les petits cachets, les figurations, les rôles d'une seule réplique, d'une ouverture de porte, d'une fermeture de porte, qui, mis bout à bout, lui feraient peut-être sa semaine. Il a débuté après-guerre dans une industrie cinématographique française précaire, en pleine reconstruction. Il lui fallait arracher les occasions, jour après jour mettre en branle une stratégie laborieuse mais payante : prendre tout ce qui passe, ne pas être regardant sur ce qu'on lui demande, mais le faire à sa manière, s'astreindre à en tirer un petit quelque chose de remarquable en y donnant le meilleur de lui-même, ne pas crever de faim dans l'anonymat, ne jamais oublier de faire son numéro, son film dans le film, soumettre des idées, prendre des initiatives, forcer le cadre avec des trouvailles disséminées par-ci par-là, à l'insu du réalisateur, à l'arrière-plan, une mimique, un roulement d'œil en coin, un bruit de bouche imperceptible, ne pas transiger sur la qualité, sur ses propres qualités, s'appliquer, imaginer, noter, écrire, créer, persévérer, s'éreinter, même si c'était pour se voir encore abuser par des producteurs injustes et malhonnêtes qui profitaient de sa vulnérabilité pour ne pas le payer. Préciser son registre, réinventer à l'infini un personnage rien qu'à lui, le raffiner dans toutes ses variations, le magnifier dans les plus mauvais films, l'affranchir discrètement de la faiblesse de l'intrigue pour le déployer dans des séquences de son cru où le public finira par le reconnaître, le suivre. Lui, c'est le petit chefaillon, l'homme sourcilleux, le méprisant, le colérique, le cruel, le lèche-bottes, l'opportuniste, le mielleux, ces êtres médiocres qu'assis au piano il a observés se débattre avec la vie. Il avait tablé sur une carrière longue et stable de second rôle, plus rassurante, moins exposée que la vedette au désir volatil du public, et se retrouve par surprise – ou fausse modestie – seul en haut de l'affiche, écrasant la concurrence. Mais il reste sur les nerfs, la parenthèse du sommeil n'est pas suffisante, la course n'est pas terminée, beaucoup reste à faire, rien n'est assez, il ne maîtrise pas tout, tout peut être mieux. Il a beau s'entourer de personnes qui le rassurent, toujours les mêmes, quelque chose rôde, là derrière, devant, partout, là, toujours là, un fantôme ne le lâche pas, un écho de l'angoisse, une de ces silhouettes qu'il a tant interprétées, le clochard en loques qui erre sur un plateau de théâtre en répétant inlassablement, comme pour se racler la gorge d'un mal incurable : « Toujours le fric ! »

Au tout début d'*Une époque formidable…*, Berthier fait un cauchemar : il tombe de son voilier et coule au fond de la mer. Jugnot ne s'est jamais remis de l'échec commercial de son film précédent. Il a connu des déceptions mais jamais un tel impact sur sa vie et sa carrière, où les choses semblaient en place. Au regard du bon accueil de ses deux premiers films, il était persuadé que ce troisième long métrage à gros budget – une comédie un peu folle, originale, en costume et au Moyen Âge – le consacrerait cinéaste véritable, la critique considérant jusque-là son œuvre trop franchouillarde. Après ce four retentissant, il entre dans une longue période de doute, il perd une confiance en lui patiemment acquise avec la troupe du Splendid et lors de ses débuts prometteurs en solo. Son film n'a pas été vu, n'a pas intéressé, n'a pas rapporté. « Le succès n'explique rien mais justifie tout » – cette phrase de Louis Jouvet, qu'il admire, accompagne sa défaite. Elle le fascine et l'embarrasse. Il est gagné à son tour par la peur du lendemain, redoute de perdre son statut, son pouvoir, de ne plus être appelé, de ne plus rencontrer le désir des spectateurs, de voir ce métier s'arrêter, lui être refusé, et retourner à son ennui d'enfant de la classe moyenne francilienne, envieux de la vie des gens du spectacle qui ne dorment jamais. Depuis peu, Jugnot observe un homme assis sur le trottoir d'en face, il tient une petite pancarte en carton sur laquelle est écrit un court message au feutre noir : POUR MANGER ET RESTER PROPRE. Il l'a remarqué au milieu des milliers de sans-abri parisiens. L'individu le trouble. Il le croise dès qu'il sort de chez lui. Mais Gérard Jugnot n'a jamais été pauvre et, bien que moins phénoménal, son succès a été beaucoup plus précoce que celui de Louis de Funès. Si ce mendiant l'interpelle, c'est parce qu'il est vêtu d'un costume de cadre supérieur.

J'aimerais savoir si Jugnot s'est approché de Berthier pour lui parler, lui donner de l'argent, au moins une fois, et combien. Moi, je ne donne rien à la mendiante de ma rue, jamais. Il fait froid, c'est encore la nuit et l'air est humide. Elle est là tous les matins, depuis des années. Elle est assise en tailleur sur le trottoir goudronné, un mince coussin sous les fesses, le dos contre le mur du Lidl. Elle porte un foulard sur la tête, le même que nos plus vieilles voisines de l'immeuble nouaient serré sous leur menton dès qu'il pleuvait quelques gouttes. Le tissu d'où s'échappent des boucles de cheveux bruns souligne la rondeur de son visage. Ses lèvres sont épaisses comme son nez, évasé et fort. Avec les épaules détendues, le dos rond et les mains jointes, elle dit
bonjour
à tous les passants, sans exception, et leur souhaite une
bonne journée
Elle dit les mots tout entiers, sans se précipiter. Elle pourrait les escamoter pour exploiter avec plus d'efficacité le flot dense de personnes qui passe devant elle, drainer ainsi davantage de petite monnaie en tendant la sébile. Elle ne le fait pas, elle est tranquille. Elle demande aux passants qu'elle voit passer tous les matins, qui la connaissent très

bien, qui la croisent en allant au travail ou en amenant leurs enfants à l'école, à la crèche, si
ça va
Les passants n'ont d'autre solution que de répondre
ça va
et vous
ça va
Je ne réponds pas à la question de la mendiante, je m'en sors en lui renvoyant simplement un vague hochement de tête, et j'évite surtout son regard. Les poches gonflées de ses paupières et la butte des pommettes. La mendiante use de son large sourire et de sa voix légèrement gouailleuse, Toubib l'a enseigné à Berthier : si l'on veut obtenir un peu d'argent du quidam, il faut capter son œil. L'interpeller, lui adresser quelques mots polis ne suffit jamais, il faut planter ses yeux dans les siens et ne plus les lâcher jusqu'à ce que le passant s'arrête et s'oblige à tendre une pièce. Quand parfois j'ose l'observer de loin, avant de parvenir à son niveau, il m'arrive de percevoir son vrai regard s'affairer sur les passants, et je me demande alors si elle nous hait, ceux qui comme moi ne donnent rien, mais aussi les autres – il est évident que donner ou pas ne fait aucune différence –, pour l'humiliant
merci
dont elle doit les gratifier en échange de leurs largesses. Si elle ne me hait pas, c'est dommage, parce que, moi, je la hais dès que j'échoue à esquiver ses pupilles noires et à soutenir leur attaque.

et la famille
ça va
La plupart des personnes lui parlent avec gentillesse, donnent quelques pièces, pas assez pour la dispenser de revenir le matin d'après. J'entends parfois les enfants l'appeler par son prénom. Je ne le retiens pas. Je pourrais donner n'importe quoi, même quelques centimes, je ne le fais pas. Il paraît que ce sont les pauvres qui donnent le plus. Je n'en suis pas si sûr. Je suis encore pauvre, je crois. Je n'ai pas oublié que je l'ai été. J'aimerais un jour ne plus craindre de le redevenir. Je n'aime pas donner, je suis gêné de recevoir. Gérard Jugnot se serait-il intéressé à elle ? Aurait-il entrepris de réaliser son film s'il l'avait croisée à la place de Berthier ? Louis de Funès, en bon chrétien, lui donnerait-il un petit quelque chose ? Se demanderait-il s'il est concevable de donner un jour et pas le lendemain ? S'il est raisonnable de donner tous les jours comme à un péage ? Sergio Leone écrivait peu, tous ses scénarios étaient dans sa tête, contenus dans le flot incessant de sa parole, et il répétait à qui voulait l'entendre leurs multiples versions, à ses amis, à ses collaborateurs, à ses producteurs, à ses enfants, sa femme. Peut-être n'a-t-il pas été assez pauvre pour se souvenir du goût des mauvaises choses. Je suis persuadé que Louis a toute sa vie été conscient qu'il passait à côté du bonheur.

Parmi les films les plus emblématiques de Louis de Funès, il en est un que mon frère refusait de regarder. Je ne l'ai donc jamais vu, ou alors beaucoup plus tard, avec mes yeux d'adulte, après m'être rendu compte qu'il aurait été dommage de ne pas corriger cette lacune. Ou bien je n'ai pas souhaité le voir moi non plus. Ou je l'ai vu mais ne m'en souviens plus. J'en ai vu des extraits, j'en ai souvent entendu parler. J'en ai gardé des images, un sentiment intriguant. Je sais que le film a déjà été diffusé à la télévision, plusieurs fois. Je croyais les dialogues écrits en vers et l'action intégralement tournée en studio, dans des décors bizarrement irréalistes. C'est l'un des derniers films du comédien, tourné après son infarctus, quand il redevient peu à peu Louis, plus faible, calme, moins nerveux et inquiet, allégé de la plus grande part de sa colère. C'est une adaptation de Molière. Son titre me dérange.

Louis de Funès se considérait avant tout comme un comédien de théâtre, c'est là qu'il a appris son métier, connu ses premiers succès. Maintenant que sa faiblesse cardiaque lui interdit de remonter sur les planches, c'est au cinéma qu'il adapte lui-même la pièce, tardivement, après avoir tourné autour du rôle d'Harpagon pendant toute sa carrière, sans jamais l'interpréter. Il n'a pas plus souhaité le voir joué sur scène pour se garder de toute influence s'il venait à reprendre un jour le rôle, avec l'ambition de s'approcher de l'interprétation originelle. Cette pièce l'impressionne et l'enthousiasme. Dans le passé, plusieurs projets montés sur son nom par de prestigieux théâtres parisiens ont été annoncés dans la presse sans jamais voir le jour. L'acteur est même allé jusqu'à signer un contrat comme tête d'affiche pour une tournée dans toute la France avant de se désister, submergé par le trac face au prestige du texte et à son inattendue incapacité à le mémoriser. De Funès est un mime, un admirateur de Laurel et Hardy, il collectionne les bobines de leurs films, les projette le soir à ses enfants, il rêve de faire un film muet, les textes l'encombrent, il les coupe parfois, veut pouvoir prendre des libertés, laisser libre cours à son invention, à son écriture, à ses improvisations, comme les comédiens *dell'arte* laissaient filer leurs lazzis sur le plateau pour les passer au tamis des rires du public. Cependant il devine que ce rôle est le sien, qu'il répond à l'essence même de son jeu, le nourrit et le prolonge.

Toujours sérieux, de Funès précise au cours de la promotion du film que, sous le titre, Molière a pris la précaution d'écrire *comédie*. L'acteur n'a pas l'intention d'en faire une farce. Il déclare avec malice aux journalistes que le « patron » a certainement écrit la pièce en pensant à lui. Il se garde de leur dire que son intérêt vient d'ailleurs, d'un endroit moins glorieux, moins artistique, de sa peur de l'argent et de ce qu'il représente, de son malaise, d'une ignorance de son usage. Toutes ces années il a repoussé le rôle malgré l'évidence, il n'était pas assez solide pour l'affronter, pressentait le risque. Cela ne se voit pas à l'écran, mais Louis de Funès est resté pauvre, comme moi. *L'Avare* ne m'évoque pas l'infamie de l'usurier, le voleur, l'incarnation d'un ennemi à maudire, mais un reflet coupable, ma peine à vivre : une tentation de réserver, de tout conserver à l'état initial, par sécurité, pour plus tard. Il faut avoir de l'argent ou en avoir eu, être habile à le manier, savoir gagner et dépenser pour être capable de mouvement, d'apprécier l'imprévu, de se réjouir de la surprise et du changement.

Tel Harpagon, je viens à vous avec des lunettes. Je les porte depuis l'âge de la photo. Elles ne sont pas accessoires. J'en prends soin, les lunettes coûtent plus cher qu'un jogging. Je les nettoie plusieurs fois par jour. Je ne les raye pas. Elles doivent rester neuves le plus longtemps possible. Elles me défendent et me cachent. Si elles se tordent ou se cassent, les lunettes ouvrent une faille sur une réalité inquiétante. Tordues sous le coup d'un ballon de foot dans la cour de récréation, elles deviennent suspectes et étranges. Cassées par la force des années d'érosion, je ne leur fais plus confiance. Tordre et casser. Elles sont cassées, en panne, comme l'était parfois le paquebot, et quand on ne peut payer pour réparer ou remplacer, la panne, imprévisible, devient une tragédie.

Au bout d'une dizaine d'années de travail acharné, de Funès était devenu ce second rôle incontournable, instruit de l'art de négocier un cachet confortable. Son épouse, Jeanne, avait remplacé son agent, une dépense à présent inutile, et on commençait à lui offrir des premiers rôles dans des productions honorables. Il connaissait désormais la tambouille du cinéma, il n'était plus l'acteur naïf, un simple gugusse parmi tant d'autres. Certes, il continuait de se vendre comme un spectacle en soi à l'intérieur de films souvent médiocres, mais il le faisait dorénavant avec maîtrise. Verrouiller ce qui est acquis. D'une manière subtile, indirecte mais déterminée, il exerçait un contrôle total sur ce qu'il donnait de lui au metteur en scène, n'hésitant pas à saboter une prise en riant à la fin, en interrompant une réplique ou en faisant délibérément une erreur, s'il jugeait sa prestation insatisfaisante – l'avare donne toujours plus que celui qui n'a rien. Les films alimentaires ne l'empêchaient pas de maintenir sa réputation. Il gérait sa carrière en bon père de famille.

Pour autant, il ne cessait de considérer ses gains passés, d'évaluer les futurs, et d'estimer involontairement, assailli par une redondance virale de chiffres, le montant d'épargne et le patrimoine nécessaire pour dormir plus tranquille, mettre sa famille à l'abri du besoin, assurer son avenir. Où commencent et où s'arrêtent le besoin et l'avenir ? Ce calcul impossible – combien donner chaque jour à la mendiante ? – obligeait de Funès, en proie au doute, à accepter des rôles mineurs dans toutes sortes de films. Il ne s'autorisait pas à refuser des propositions qui, quelques années auparavant, lui auraient peut-être permis d'effacer ses impayés de loyer, son ardoise chez l'épicier, d'offrir des habits neufs à ses enfants et d'aller se promener avec eux le dimanche sur les bords de Marne. Sans se l'avouer, il regrettait de ne pouvoir correctement recevoir : il ne l'aimait pas, cet argent, et ignorait comment vivre avec lui. La sérénité du confort matériel n'était en rien parvenue jusqu'à son estomac bouillonnant d'une acidité qui lui remontait au palais. Il buvait des chocolats chauds dans sa loge pour en apaiser les brûlures, par petites gorgées. Le docteur conseillait de surélever sa tête de lit, de dormir sur le dos et de se coucher a minima une heure après le dîner, d'éviter les boissons gazeuses, le café, le piment, le poivre, la moutarde, le citron, les oignons, les poivrons, les tomates et tous les aliments fermentescibles. Il lui fallait éviter les repas trop copieux, préférer les petites collations. Mâcher lentement chaque aliment jusqu'à ce qu'il n'ait plus aucun goût avant de l'avaler.

Il y a quelques années, j'ai eu une inflammation digestive si sévère et qui a duré si longtemps que des champignons ont parasité les parois de mon œsophage. Le docteur m'a fait avaler un fongicide en sirop pour les déloger. Je devais favoriser la viande blanche, le céleri, les haricots blancs et rouges, les lentilles, le persil, les poires, les navets, le fenouil, le miel, le melon, l'eau et tous les légumes verts – jamais de poivron. On trouve tout cela au Cellier, dans le jardin potager et les vergers de la vaste colline du château de Clermont qui domine la Loire. Louis s'en félicite. Jeanne, enfant, y a passé toutes ses vacances, chez sa tante mariée au comte de Maupassant, cousin de l'écrivain. Tous deux souhaitent redonner au lieu sa splendeur d'antan. Jeanne s'occupe des murs, Louis, de la terre.

Farce ou comédie ?

De Funès est au sommet de sa carrière. *Les Aventures de Rabbi Jacob*, sa quatrième comédie avec le réalisateur Gérard Oury, est un nouveau sacre. C'est sa collaboration artistique la plus fructueuse, la seule à concilier l'adhésion d'un large public avec les faveurs d'une critique qui habituellement décrie tout ce qu'il touche. Déçu par les scénarios qu'on lui fait lire, de Funès affirme ne plus vouloir tourner qu'avec son ami. Les deux hommes s'accordent sur la nouvelle idée du réalisateur, *Le Crocodile* : une histoire de dictateur opportuniste qui s'accroche au pouvoir par tous les moyens, même les plus démocratiques. Un rôle de colère, une fois de plus, écrit sur mesure pour lui. Le scénario est brillant, la distribution, incroyable ; tout le monde est ravi, le producteur réunit dans la foulée Oury et de Funès, le duo miraculeux du box-office, pour signer les contrats.

L'endroit est familier, Louis y est venu plusieurs fois discuter du projet. Il connaît le chic de la bibliothèque, les affiches joliment encadrées. Pourtant, il n'est pas aussi à l'aise qu'on pourrait le présumer, on le trouve un peu raide dans son costume-cravate. Le sourire est de convenance. Il est question d'un énorme projet, un des plus importants que le cinéma français soit capable de monter. Sur le papier couleur crème des contrats qu'il toise de loin – il préfère pour le moment rester debout face à la presse postée de l'autre côté du bureau –, des chiffres tapés en belles lettres à la machine à écrire, il y a beaucoup d'argent en jeu. En dépit de sa notoriété, les sommes engagées l'impressionnent. De Funès coûte cher. Pour se détendre et amuser les photographes, l'acteur improvise une petite pantomime. Mâchoire serrée vers l'avant, il empoigne Oury, complice, par le col et le force à s'asseoir au bureau. Il le secoue comme une vulgaire marionnette de Guignol avant d'écraser son crâne d'une main ferme contre les contrats. Le visage d'Oury se renfrogne en une grimace de douleur joyeuse. Pendant ce temps, le producteur guide au bas de chaque exemplaire la plume du stylo qu'il a glissé dans la main du cinéaste. Les journalistes n'en demandaient pas tant, flashs et boîtiers d'appareils crépitent jusqu'à inversement des rôles. Oury a du mal à réprimer un fou rire. Il bloque le bras de De Funès et pointe sévèrement du doigt l'endroit précis où apposer les paraphes.

Je parie que Louis préférerait relire une dernière fois les contrats, à l'écart, seul, calme et concentré, avant de se prêter au jeu de la signature publique. Mais le cérémonial ne supporterait pas cette longue pause qui dirait le péril et la fébrilité. Il n'a plus rien à prouver en tant qu'acteur, il pourrait consacrer la fin de sa carrière à la recherche de nouveaux projets moins coûteux, moins exposés, expérimenter comme il s'est risqué à le faire avec le jeune réalisateur Serge Korber dans la comédie musicale *L'Homme orchestre*, repousser les limites de son comique, il pourrait se lancer dans la réalisation, qui l'intéresse depuis ses débuts, ou il pourrait aussi bien rester assis sur la chaise du bureau, ne pas signer, regarder comme moi des films plutôt que les fabriquer et laisser passer le temps, les concurrents à sa place, la suite, la succession des non-événements, en étant certain qu'il ne se passera rien, ni bien ni mal, sans même en être satisfait, juste indifférent et neutre, sans autre projet que de suivre de loin les trajectoires de ceux qui s'en sortent bien mieux avec leur envie de vivre. Je pourrais lui montrer comment ne pas faire.

S'il signe ce contrat, Louis sera redevable. Il devra une fois de plus quelque chose à quelqu'un, quelque chose qui le poursuivra partout, derrière lui, encore. Le temps lui manque, ce cachet lui permet de maintenir son mode de vie de châtelain, les projets s'enchaînent, l'audience s'accumule, le public veut du De Funès en colère et rien d'autre. Or il est épuisé. Il aura soixante ans dans quelques mois.

Il faut faire attention aux publicités, aux offres préalables de réserves d'argent, de facilités de paiement, aux fausses promesses de prêt gratuit et renouvelable, aux clauses abusives, je n'ignore plus ces choses-là maintenant, il faut vérifier chaque ligne du contrat, surtout celles écrites en petit caractères. Selon la loi française, Louis, Gérard Oury, le producteur, Juliette, Berthier, ma mère, mon père, mon frère, vous et moi sommes libres de contracter ou de ne pas contracter. Si nous le faisons, nous devons le faire en connaissance de cause, avec honnêteté, et accomplir exactement ce qui est écrit. Ma mère disait toujours à mon père qu'il avait *fait* des crédits. Faire des crédits plutôt que les contracter, les solliciter, les demander, les signer, les souscrire. Fabriquer le contrat, le monter de toutes pièces. Faire le crédit pour ensuite l'avoir. Pour celui qui le signe, le contrat devient loi. Personne ne doit s'engager contre sa volonté, ceux qui s'engagent contre leur volonté doivent en accepter les conséquences. Personne ne doit engager l'autre contre sa volonté, ceux qu'on engage contre leur volonté doivent en subir les conséquences.

La Banque n'a procédé à aucune vérification lorsque Berthier a imité la signature de Juliette pour vider le contenu de son plan d'épargne logement. Juliette devait être au travail, comme ma mère, en train de faire les courses, la cuisine, la vaisselle, de venir nous chercher à l'école, de surveiller nos devoirs, nous faire goûter, lancer une machine, repasser et plier le linge, donner un coup de balai, passer l'aspirateur ou faire les cuivres. Ma mère nous avait peut-être emmenés au cinéma.

Le bureau de la Banque est moins agréable que celui du producteur, moins luxueux, il n'a pas besoin de se faire passer pour un lieu de pouvoir et de culture, c'est un de ces bureaux impersonnels qui se louent par milliers de mètres carrés dans les nouveaux quartiers, au bord des périphériques, aménagés sans matière noble, du mélaminé finition chêne clair, hêtre naturel, érable, acacia, sapin blanc, noir, cendré, vieilli, acajou, noyer, des fauteuils en plastique lourd et des chaises en tubes d'aluminium, des dalles de moquette rase mal posées, un ordinateur encombrant, bruyant, des cloisons modulables trop fines pour le silence, un sous-plafond en plâtre et sa fine pellicule de poussière blanchâtre sur les surfaces à nettoyer chaque jour. Des bureaux où la Banque reste trop peu de temps pour décorer à son goût. Tous les quatre ou cinq ans, pour éviter sympathie et complaisance, elle doit déménager, elle remballe les photos de famille, replie la lampe qu'elle avait rapportée de la maison parce qu'elle n'y voyait pas clair, elle remplit son carton de quelques formulaires de procédures internes qui pourraient lui servir, en dessous elle dissimule une agrafeuse parce qu'elle est certaine qu'on ne lui fournira pas ailleurs un modèle aussi efficace, ajoute un stylo reçu à Noël, un paquet de bonbons au miel, une boîte de mouchoirs en papier, un vieux numéro de *Midi Olympique*, puis elle laisse la place à sa collègue qui s'apprête à recevoir mon père pour une nouvelle demande de crédit.

Avant de se rendre au rendez-vous, mon père vérifie que la somme inscrite sur l'imprimé remis par la Banque lors de leur dernière rencontre est bien celle qu'il avait demandée. Il prend son temps pour admirer les chiffres, leur assemblage dessine déjà la forme de ce qu'il prévoit d'acheter. Comme d'habitude, il lit distraitement les pages, et son estomac se sert légèrement quand il tombe sur le nom de ma mère. Il se rappelle qu'il doit signer à sa place pour finaliser la transaction. Après quelques essais sur un petit calepin à la couverture orange, il s'applique à imiter sa signature. Il n'a pas besoin d'un modèle, la signature est simple, ma mère a suivi l'exemple de sa propre mère : l'initiale de son prénom, un point, puis le nom, son nom d'épouse, écrit lentement, très lisible, avec la dernière lettre qui s'étire en soulignant l'ensemble par un aller-retour sec du stylo. C'est facile, rapide, presque agréable. Mon père est doué pour les travaux minutieux. Une fois la contrefaçon terminée, il veille à déchirer et à jeter les pages de brouillon avant de ranger le calepin dans le tiroir du buffet de la cuisine.

À peine le seuil franchi, mon père sort le contrat de son baise-en-ville. Il ne prend même pas le temps de s'asseoir sur la chaise encore tiède que vient de libérer Berthier. Il s'excuse : la présence de ma mère est malheureusement vraiment impossible, ses horaires de travail ne coïncident pas avec ceux de la Banque. Elle l'a prévenu au dernier moment, aussi est-il allé à toute vitesse au bloc opératoire recueillir sa signature, puis il s'est immédiatement remis en route pour ne pas être en retard au rendez-vous. La Banque ne s'étonne pas de la situation, elle ne pose pas de questions, n'insiste pas pour que ma mère vienne la rencontrer, discuter rapidement des éléments du contrat, de ses implications, elle ne demande pas à mon père un numéro de téléphone où la joindre à son travail. Elle enregistre le contrat léonin dans l'ordinateur sans piper mot. Mon père est un bon client, mais il ne peut plus emprunter sur son seul nom : les époux travaillent, le nouveau prêt sera accordé sans problème s'il est contracté par le couple.

Après l'épreuve imposée de la signature, de Funès pose seul devant l'objectif. Il fixe gravement l'appareil de ses yeux bleu azur qu'il a la coquetterie de vouloir toujours faire ressortir en demandant un éclairage particulier sur son visage aux chefs opérateurs. L'œil droit est plus ouvert que le gauche ; l'un, promotionnel, fait bonne figure, quand l'autre perce le spectateur d'un appel, d'une alerte peut-être. Sourcils légèrement froncés, lèvres closes en un trait fin et muet, le comédien arbore une expression inconnue de son public habituel. La menace ou la crainte ? À hauteur du visage, il dresse devant le photographe ses larges mains, doigts repliés. Il ne semble pas sûr de son geste : montre-t-il les poings ? Sort-il les griffes ? Pour attaquer ou se défendre ? Les ongles ne sont pas taillés. Ses doigts sont courts, gros, presque boudinés comme ceux de mon père, à la main droite ils sont tordus, l'index s'écarte prodigieusement des autres, ils ne ressemblent pas aux doigts d'un pianiste que j'imagine élancés, gracieux. Aux prises de vues du photographe il oppose la chair calleuse sur laquelle transparaissent les stigmates de son labeur de musicien de bar.

Le producteur a proposé cette fois à Louis de devenir coproducteur. Une pratique de plus en plus répandue : il est offert au comédien de renoncer à une partie de son cachet en échange d'un pourcentage sur des recettes qu'il sait garanties par une popularité jamais démentie depuis une dizaine d'années – ainsi le producteur peut boucler plus facilement les contours financiers du projet. Louis hésite. Conscient de sa valeur, il a pour habitude de demander le maximum et de l'obtenir, il se rembourse des affronts et des impayés. Mais ce type d'accord impliquerait de nouvelles responsabilités, pénibles, préoccupantes. Le producteur insiste : Louis laisse passer depuis des années des sommes bien supérieures à ses cachets, sans parler des droits de suite. L'acteur se laisse convaincre et plonge dans une profonde inquiétude. Le film marchera, c'est certain, le producteur lui présentera des comptes juteux, mais seront-ils bien exacts ? Qui pour les contrôler, si ce n'est le producteur lui-même ? Qui le fera pendant toutes les années d'exploitation ? Le producteur ne trouvera-t-il pas le moyen de détourner son argent, de ne lui verser finalement qu'une somme inférieure au cachet initialement négocié ? De Funès ne supporte pas l'idée de se faire rouler. Il n'est pas question que le producteur s'enrichisse à ses dépens. Quelques semaines après la signature immortalisée par la presse, l'acteur fait marche arrière pour revenir au contrat originel, au cachet énorme qu'il estime être le bon, suffisant, versé une bonne et unique fois, dont on ne parlera plus jamais, auquel il n'aura plus jamais à penser. Le nouveau contrat, il le signe chez lui, au château, seul dans son bureau, avec Jeanne, sans journalistes, sans personne du métier, et il le remet le lendemain matin au facteur avec le reste du courrier à poster. Quelques mots sur la météo, le fleuve en crue, la fête du village qui approche. Il referme la grille du portail, les pommes de terre à butter, il y a du travail, le potager est immense.

Louis sait le contrat au service des plus puissants. Il ne possède pas les codes, il n'est pas intéressé, il ne le sera jamais, il n'est pas fait pour ces choses-là. Mieux vaut une partie de pêche, méditer, soigner les lapins, faucher l'herbe de ses vergers, aller boire un verre de blanc sur les berges du fleuve, au restaurant de Mme Clément. Il a peur de manquer d'argent, mais semble démuni quand il est question d'en avoir trop. Louis préfère gagner moins plutôt que de devoir faire confiance.

Moi, je n'aurais jamais acheté ce château, trop de fenêtres, trop d'hectares, ce luxe, cette responsabilité superflue, source de jalousie. Il y a des dépenses utiles et d'autres qui ne le sont pas. Les revenus de Louis de Funès me seraient-ils suffisants ? Oui, enfin de l'argent ! Mais aucun de nous deux n'a appris à vivre avec ça. Je n'aime pas l'argent et je n'aime pas avoir à compter mes dépenses. Pour ne pas y être contraint, il faut dépenser peu, s'autoriser le désir à peu de frais. Aujourd'hui, je peux m'offrir des friandises au cinéma sans avoir besoin de puiser dans l'argent que je n'ai pas encore gagné. Plutôt vivre moins cher que de devoir établir un budget domestique, le suivre, le garder à l'œil. Avoir peu de besoins, épargner assez pour ne plus avoir à y penser. Je devrais pouvoir donner de mon argent à la mendiante, oui, un peu, dans l'idéal, ce serait mieux. Mais combien en garder pour soi ? Trop ou pas assez ? Et combien en dépenser ? Est-ce de l'avarice que de vouloir posséder de l'argent pour éviter de ne plus penser qu'à lui ?

Quelques semaines avant le début du tournage du *Crocodile*, un double infarctus frappe Louis de Funès. Les médecins annoncent avec quelques années d'avance la fin de sa carrière. Une longue convalescence et une nouvelle vie commencent : Louis est soulagé, il n'aura plus jamais à lire des contrats, à examiner des chiffres, à parler d'argent, il va pouvoir se consacrer à ses carottes et ses rosiers. Il ne se mettra plus en colère pour gagner sa vie. Mais un fâcheux représentant du producteur vient paraître devant lui, dans sa chambre d'hôpital, avec des papiers à signer pour la compagnie d'assurances. Louis signe rapidement, cela n'a plus d'importance. Pourtant, quelques jours plus tard, l'angoisse refait surface. Il a eu la légèreté de signer les contrats sans les lire. Il les a lus, oui évidemment, mais bien trop vite, détaché. En reprenant le document, il découvre, la gorge sèche, que le producteur peut à présent prétendre toucher 6,75 millions de francs – 5,5 millions d'euros d'aujourd'hui – s'il venait à mourir avant la fin de l'année 1976. Le comédien porte plainte pour extorsion de signature. Le tournage du *Crocodile* ne démarrera jamais. Avant cela, Louis avait refusé tous les aménagements de scenario proposés par Gérard Oury pour rendre le rôle moins éprouvant. Les deux amis n'ont plus jamais travaillé ensemble.

Face au photographe, Louis a le même regard que ma mère, incrédule et apeuré, après la visite du quelqu'un qui voulait entrer, voir et s'emparer. Pour tenter de se sortir du cauchemar naissant, ma mère se tourne vers la Banque qui a envoyé le quelqu'un. Ne fait-elle pas erreur ? Pourrait-elle vérifier ? La Banque ne cache pas son dédain. Ma mère s'est-elle mise en colère pour se défendre, tenter de renverser la fatalité ? Elle n'y a pas pensé. L'intégrité et la respectabilité de l'institution ne pouvaient être mises en cause, la Banque ne pouvait être faillible, rien dans le cours jusqu'alors paisible de la vie de ma mère ne l'avait empêchée de supposer que tout était prévu, que tout était parfaitement organisé par les autres, la communauté, la société, pour interdire ce qui lui arrivait à cet instant. Fallait-il sortir les griffes, dresser les poings ? Elle n'en a pas eu la force. Rien ne l'avait préparée, il fallait se cacher au plus vite, fuir la sidération, la vérité de l'escroquerie, la honte de n'avoir rien vu, d'avoir été faible et vulnérable, d'être dorénavant prisonnière pour ne pas avoir le courage de divorcer et de demander justice, pour ne pas perturber nos enfances, pour ne pas se retrouver seule. Plus urgent et douloureux encore, il lui fallait refouler qu'elle avait pu être séduite par le vernis flatteur, conforme, dont les objets de mon père recouvraient son ménage pour tromper sa vigilance. Elle en avait oublié le coût des choses.

Après le départ du quelqu'un, elle a verrouillé la porte. Famille, collègues, voisins, amis, plus personne n'est jamais entré. L'humiliation serait ainsi supportable, elle s'effacerait plus vite. L'appartement est devenu un secret. Mon frère et moi avons respecté des consignes implicites, d'abord par simple obéissance, puis en faisant nôtre le déshonneur de notre mère. Nous prenions soin de cacher notre filiation avec celui qui sabotait sa propre famille pour son plaisir personnel. La rumeur de la monstrueuse incurie paternelle ne devait pas atteindre l'école. Nos amis ne seraient plus ceux du quartier, ils viendraient d'ailleurs, ignorants des apparences de notre ancien train de vie. Ils ne devaient pas voir autre chose que nos habits, nos baskets, mes lunettes, nos cartables, nos stylos avec lesquels, en priorisant les dépenses, ma mère pouvait encore donner l'illusion d'une continuité. Mes parents ne buvaient pas, ne jouaient pas, ne fumaient plus, ont occupé quarante années le même emploi, payaient un loyer d'HLM avantageux dans le quartier ouvrier d'une petite préfecture du Sud-Ouest où la vie coûtait moins cher qu'à Sevran. Personne ne pouvait imaginer que la pauvreté nous enserrait. Personne n'aurait pu comprendre que nous étions pauvres, au bord. Louis l'aurait-il vu ?

Il ne fallait demander d'aide à personne, ne pas avouer la déroute, n'être redevable de rien à quiconque, éviter les nouvelles dettes. Rien n'est gratuit. Aujourd'hui encore, j'ignore comment demander de l'aide quand j'en ai besoin. Je ne parlais pas. Je préférais écouter, profiter du silence quand ma mère n'était pas en colère. Je ne connaissais personne dans notre situation. J'étais seul et mon frère aussi. Il ne parlait pas. Il ne pouvait en exister d'autres comme nous, nulle part, mais d'autres que nous étaient *vraiment* pauvres, les ouvriers et leurs enfants par exemple, je les voyais bien dans le quartier et à l'école. Eux étaient très nombreux. Après tout, puisque nous avions du mal à finir les fins de mois, que ma mère se plaignait de son travail et gagnait très peu, que mon père était écrasé par ses patrons, je pouvais bien me considérer comme l'un des leurs. Peu m'importait que mes parents soient plutôt des employés ou des agents, être ouvrier redonnait du sens à ma famille, un sentiment neuf d'appartenance venait combler mon isolement, il me consolait de l'absence d'avenir : si j'étais fils d'ouvriers, il me faudrait faire corps avec le collectif, me méfier de l'ambition, de l'ascension sociale, ne pas trahir ma classe, me persuader qu'il serait impossible d'être différent de ma mère et de mon père, ne pas souffrir ainsi de ne jamais y parvenir.

La tempête fait vibrer les volets de plus en plus fort. Mon frère monte le volume. Il a pris la télécommande des mains de mon père. Mon père est mécontent, il râle. Mais il ne tente rien pour reprendre le contrôle. Il ne se met jamais en colère, mais il râle souvent, comme l'enfant qui se résigne à obéir aux ordres de l'adulte. Il peut faire ça. Il sait qu'il ne fait pas le poids face à nous. Je le respecte, je ne l'aime pas moins que d'autres fils aiment leur père, autant que ma mère, mais contrairement à elle, il n'a aucune autorité. Pas plus qu'il ne nous fait peur. Il ne nous inquiète pas. Sa faute est si grande, son autorité ne peut plus être légitime. Il doit ressentir le poids de sa culpabilité pour toujours et en toutes circonstances, il doit payer sa faute, renoncer à ses prérogatives de père de famille, symboliques ou matérielles, au sein du ménage. Se mettre du côté de mon père un instant, sans vouloir prendre parti mais par simple bon sens quand ma mère va trop loin, est une traîtrise, un abandon. Ma mère est victime : nous avons le droit de témoigner de l'amour à mon père, mais jamais de lui donner raison. Alors, quand ça ne lui plaît pas, il râle.

Mon père se décide à aller ranger les photos. À son retour, mon frère aura peut-être lâché la télécommande. Il râle, elles sont toutes mélangées, il n'arrive pas à les reclasser. Avant de refermer le tiroir du bahut, il me demande de replacer la photo avec les autres. Je souhaite la garder. Il s'approche, curieux de découvrir ce qui suscite tant d'intérêt chez moi. Il l'observe longuement. J'ai raison, il est d'accord, nous sommes beaux sur cette photo, elle mériterait d'être agrandie en 20 × 30, mise en valeur dans un cadre en bois clair, par exemple, ils en vendent au magasin de bricolage si je veux, le négatif doit se trouver dans le tiroir, il le cherchera si je le lui demande, il me conseille d'aller plutôt chez le photographe du centre-ville pour l'agrandissement, il a plus d'expérience que ces franchises des grandes surfaces, le fils de son ancien patron d'apprentissage a pris la suite maintenant, ça ne doit pas coûter des fortunes. Il est agréablement surpris par le maintien de la couleur des pellicules bon marché qu'il utilisait parfois pour ce genre de séances improvisées.

Il veut m'apprendre quelque chose : en photographie, la couleur est populaire. Elle a d'abord été réservée à la pratique amateur et commerciale, aux photos de vacances, à la publicité des magazines. Les artistes et les musées la méprisaient, même certains clients n'en voulaient pas pour leurs photos de mariage. Elle était techniquement inférieure au noir et blanc ; les couleurs paraissaient artificielles, les tirages, de mauvaise qualité. Puis ils l'ont trouvée trop facile, automatique, trop réelle, le noir et blanc permettait plus d'interprétations. Lui avait pris des photos de ma mère et de nous avec les deux procédés, il n'y avait aucune bonne raison pour qu'ils ne soient pas complémentaires, ne montrent pas des choses différentes. Il regrette seulement de ne jamais avoir été capable d'exploiter pleinement les potentialités de l'un ou l'autre, d'en saisir les nuances, de produire les belles images qu'il croyait pourtant avoir dans la tête. Un simple appareil jetable pour garder le souvenir des événements, ça lui suffisait, finalement.

Mon père ne se souvient pas de cette photo. Il s'étonne de voir le visage de mon frère si dur. Il se rappelle qu'à cet âge, tout pour lui était prétexte à l'amusement, il faisait tout dans la joie et les rires, il remuait sans arrêt, il faisait du bruit et des bêtises. Je suis surpris de l'entendre parler de mon frère enfant comme d'une personne disparue ; pour lui aussi, c'est soudain évident, rien ne lie le garçon d'hier à l'homme d'aujourd'hui. Je pensais que ce sentiment m'était réservé parce que j'étais né trop tard pour voir l'enfance de mon grand frère.

Mon père décèle des signes de ressemblance entre mon frère et moi. Je ne suis pas d'accord, notre parenté ne se manifeste pas si tôt. Mon frère et moi avons mis du temps à discerner ces similitudes qui paraissent évidentes à la plupart des gens. Nous étions toujours surpris d'entendre les autres faire ce constat quand nous étions réunis. Le regard extérieur nous troublait. Mon frère avait les traits délicats, je me sentais plus rond et dodu, proche de l'apparence de mon père. Avec les années, nous nous sommes rejoints dans l'affinement des lignes et le creusement des joues maternelles.

À qui ressembler ?

Intercalée entre la télévision et le cinéma, la musique a pris une place croissante au cours de l'adolescence de mon frère. Sous son influence, elle est devenue indispensable dans la mienne. Elle était un moyen de sortir de l'appartement, il fallait l'écouter au casque, elle ne devait pas être partagée. L'évasion était intime. La musique ne devait pas se faire connaître ni déranger les autres, ma mère, par exemple, qui était à côté, dans la salle de bain. Mon frère et moi écoutions la musique sur la vieille chaîne hi-fi du grand meuble télé, mon père n'était pas parvenu à la revendre. Nous avons décidé de nous offrir un baladeur radio-cassette avec l'argent économisé sur plusieurs années d'étrennes. Un premier repérage sur catalogue nous avait permis de déterminer le modèle correspondant le mieux à nos besoins et à notre budget.

Mon père nous a emmenés en voiture à l'hypermarché situé à l'entrée de la ville, sans poser de questions. Il ne s'est informé ni du coût ni de nos ressources. Il semblait moins avoir confiance en nous qu'en l'acte de dépenser, qu'il encourageait toujours. Il ne nous invitait jamais à prendre le temps de la mesure et de la réflexion pour un achat qui sortait de l'ordinaire. De notre côté, au moindre objet inconnu en sa possession, même le plus futile, nous le questionnions, l'air de rien, sur son origine. Il n'était pas dupe de nos intentions, mais il jouait le jeu. Il arguait le plus souvent un prix dérisoire, un prêt de quelqu'un que nous ne connaissions pas, un collègue, un cousin éloigné avec qui il venait de reprendre contact. Il mentait, mais comment le savoir, vérifier ses dires ? Était-ce à nous de le faire ?

Après une courte flânerie dans les allées du centre commercial, nous avons trouvé le baladeur au rayon bazar. Mon frère a décroché la boîte de sa broche de gondole pour examiner de plus près l'emballage, le visuel du produit enrobé d'un jeu d'ombre et de lumière, l'harmonie de la charte graphique et des couleurs, la compacité et la texture du carton, sa douceur au toucher. Il vérifiait la référence, les caractéristiques techniques. Il se tournait vers les autres modèles pour s'assurer qu'aucun équivalent ne nous avait échappé. À mon tour, j'ai attrapé une des boîtes du baladeur, et sa présence entre mes mains m'a déçu. Par rapport au prix affiché en gros caractères sur l'étiquette du rayonnage, ordre massif de chiffres que je ruminais depuis des mois, la boîte d'emballage rassemblait soudain une matière insuffisante, bas de gamme, fragile. La retourner, la soupeser par une flexion souple du poignet, exercer dessus une pression avec la pince du pouce et de l'index pour déceler les parties les plus denses, le volume de creux ou d'à-moitié, rien n'infirmait le constat amer de ne pas en avoir pour mon argent. L'emballage aurait dû se suffire à lui-même. Mon acquisition était tenue de me combler avant même le casque sur les oreilles. Posséder d'abord, puis user. Mais la boîte était bien trop légère pour livrer cette promesse. Je n'avais plus envie d'acheter, de payer, je refusais à cet objet son statut de marchandise. Nos achats étaient trop rares pour que je renonce à la moitié du rituel. J'ai ouvert la boîte sans réfléchir, comme si le baladeur m'appartenait déjà. J'avais besoin de considérer l'objet à nu pour dépenser autant d'argent. Débarrassé de son enveloppe, il montrerait peut-être les qualités attendues. Je n'avais pas conscience du nombre de caméras de surveillance, il y en avait certainement moins qu'aujourd'hui.

Le mode d'emploi et de garantie recouvrait le baladeur comme dans une boîte de médicaments. En le retirant, j'ai tout de suite senti la rigidité de l'étiquette antivol. Surpris moi-même d'avoir déjà fait la moitié du chemin sans l'avoir prémédité, il m'a paru évident que plus rien ne s'opposait au vol, le baladeur était déjà libéré de son dispositif de sécurité. Je l'avais transformé, il était devenu gratuit. Personne d'autre que nous ne circulait dans le rayon à cet instant. Rien à foutre, j'allais le prendre : mon regard a croisé celui de mon frère qui a esquissé un sourire approbateur devant ce culot inattendu. Je n'avais jamais volé. Il s'est lentement rapproché de moi pour m'aider et cacher le mieux possible l'opération. Mes gestes étaient étonnants d'assurance, de précision et de rapidité, mais je sentais que cela ne durerait pas, qu'il fallait aller vite. Sans plus de précaution, j'ai mis le baladeur et ses écouteurs dans la poche de mon blouson, replié les plastiques et le mode d'emploi à l'intérieur de la boîte pour la confier à mon frère qui l'a soigneusement raccrochée à la gondole, derrière celle qu'il avait en mains, pour ne pas laisser un emballage ouvert et vide attirer l'attention. Mon père, qui nous regardait faire depuis le début, n'est pas intervenu. À peine a-t-il soufflé un mot de désaccord faussement effarouché, un encouragement, en vérité, à accélérer la manœuvre. Lui n'avait jamais rien volé d'autre que l'argent de ma mère. C'était une bonne affaire, cette tentative de larcin, un argent à dépenser ailleurs. L'atteinte à la propriété n'effleurait pas plus son esprit que le nôtre. Ce baladeur n'appartenait à personne, l'hypermarché n'était pas différent de la Banque. Il a commencé à regarder autour de nous lorsque je me suis engagé dans l'allée principale, comme pour faire le guet, mais à contretemps, s'assurer que personne ne nous avait vus. Instinctivement, je me suis écarté de lui et j'ai continué à marcher vers le portique des sorties sans achat, mon frère suivait derrière, je suppose. Ce que je me rappelle très bien, c'est de passer à côté du vigile, qui n'avait pas l'air féroce, sans rien regarder de précis, de marcher librement sur la surface brillante du béton ciré du centre commercial, et de me retrouver assis à l'arrière du paquebot, l'objet dans les mains, en sécurité, me félicitant d'avoir volé aussi facilement quelque chose de cher. J'admirais ce baladeur qui ne m'avait rien coûté, il était parfait, exactement ce dont j'avais besoin. Ma satisfaction était teintée d'une sensation qui m'indiquait que ce premier vol serait aussi le dernier. Je n'avais pas pris de plaisir à le faire, mon soulagement d'en avoir fini l'attestait. Bien sûr, il était d'abord question de peur et de honte : si j'avais été pris en flagrant délit, le vigile m'aurait arrêté devant les autres clients, qui se souviendraient de mon visage et chuchoteraient cette histoire à l'oreille de leur voisin quand ils me recroiseraient tôt ou tard, mais j'aurais payé, et tout serait rentré dans l'ordre. Le trouble provenait de mon corps, il avait manifesté trop violement ses failles, l'adrénaline n'avait pas produit l'effet escompté, je m'étais mis à trembler, ma gorge avait séché, j'avais su agir et dissimuler ces émotions, mais l'intensité de cet état m'a déplu, il était supérieur à la victoire. Mes remous internes étaient un obstacle, je ne gouvernais pas mes fluides, ils étaient inaptes à prendre un risque de cet ordre.

De retour à l'appartement, mon frère et moi n'avons pas tardé à avouer notre exploit. Il n'était pas envisageable de cacher un événement si inattendu à ma mère. Lui mentir était impossible. Elle ne nous a pas félicités. Elle nous a mis en garde contre l'idée de recommencer, nous avions assez de problèmes comme ça, mais elle ne s'est pas mise en colère. J'ai même cru entendre, cachée derrière ses paroles, une pointe de fierté. Savoir cet objet d'une certaine valeur chez elle, pour le plaisir de ses enfants, un objet qui allait durer, dans l'appartement plutôt que dans l'hypermarché ou au domicile d'une famille plus aisée que la sienne. Quelques vols supplémentaires de ce genre et elle serait ces pauvres qui dérobent pour ne pas renoncer aux désirs que de plus riches qu'eux fabriquent.

En bon homme de droite et en bon pauvre, Louis de Funès est plus inquiet que de coutume durant le mois de mai 1968. La grève générale atteint Saint-Tropez où le tournage du *Gendarme se marie* est interrompu. De Funès a peur, il ne comprend pas la situation, il ne sait pas quoi répondre aux techniciens grévistes. Il craint une révolution et le chaos à suivre. Perdu pour perdu, il confie son plus grand secret au réalisateur du film, Jean Girault, l'homme clé de son cercle rapproché, avec qui il tournera au total douze films dont *L'Avare* : un petit coffre rempli d'une grosse somme d'argent est enterré dans le parc de son château. En cas de malheur, de Funès demande à Girault d'en révéler l'emplacement à sa femme et à ses enfants. Aussi surpris qu'honoré, le réalisateur cache dans un coin de sa valise le plan du trésor.

Quelques jours plus tard, le général de Gaulle rassure de Funès. Après avoir montré des signes d'impuissance, le chef de l'État proclame la dissolution de l'Assemblée nationale. Les transports reprennent, de Funès saute dans le premier avion pour Nantes et regagne son château. Dès son arrivée, il prépare sa tenue de jardinage et ses bottes de caoutchouc. Il aiguise sa bêche à grands coups de lime, le front enluminé par le soleil couchant, remmanche la pioche et l'autre pelle ronde, change les piles d'une lampe torche. Le danger communiste est écarté, il faut reprendre son secret et changer la cachette du coffre.

Vers minuit, après un dîner frugal pris dans la plus grande cuisine, Jeanne et Louis montent se coucher. Jeanne tourne les pages d'une biographie du Grand Condé, pendant que Louis reprend certaines lignes des dialogues du *Gendarme*. Elle referme son livre et rappelle à Louis son emploi du temps du lendemain. Il règle le réveil à sept heures, éteint la lampe de chevet et attend patiemment les premiers signes du sommeil de son épouse. Jeanne se tourne sur le côté. Ralentissement de la respiration, ouverture de la bouche, faible chuintement de l'haleine typique : Louis peut retirer son bonnet de nuit et soulever délicatement le drap et la couverture. Mules aux pieds, il avance jusqu'à la porte sans les faire traîner, tourne la poignée, espère qu'elle n'émettra pas le petit couinement de métal rouillé habituel, se glisse avec vigueur dans l'entrebâillement comme si la porte allait claquer sur lui, puis la referme en serrant les dents, ennuyé par le grincement d'une latte sous son gros orteil gauche. En quelques légères foulées, il progresse vers l'escalier suffisamment éloigné de la chambre conjugale pour qu'il se permette de le dévaler en chemise de nuit dès les premières marches.

Le ciel clair et une lune bientôt pleine en cette fin de printemps offrent à Louis ce qu'il faut de lumière pour accomplir sa besogne. Il a vérifié que personne d'autre ne veille au château et il marche jusqu'à l'entrée du sous-bois, les outils à l'épaule. Dehors, l'air est bon, chargé des parfums de pollens que la brume tombante du fleuve rabat dans ses narines, comme un filet de vent par la fenêtre de sa voiture. Cette fraîcheur nourrissante emplit sa gorge d'entrain, il prend de grandes respirations, il essaie de garder ces couleurs pleines de vie dans sa poitrine, de mieux sentir à travers les bottes le sol sous ses pieds, au-delà du souvenir. Il a besoin d'espace, que l'horizon se présente à nouveau devant lui, il veut retrouver ce mirage, ce flottement, un présage d'inconnu. Il lui faut cette ligne qui s'efface et réapparaît, qui se transforme, qui ne se laisse pas posséder, une impulsion, un marcher droit devant, un avancer, l'infini de la rencontre de l'eau et du ciel, de la terre et du ciel, du brin d'herbe et du ciel, de la feuille et du ciel, de la brèche dans le pic rocheux. Il ne veut pas d'une autre vie, mais l'espoir d'un grand lointain qui ne demande rien, d'une fuite, une porte de secours, une campagne ouverte au premier pas fait en dehors du chemin. Il se dit qu'il le fera un jour, libre, il partira et marchera dans cette direction, il s'y glissera dès qu'il en aura l'occasion, il s'en donnera le temps.

De Funès donne les premiers coups de pelle au pied d'un jeune bouleau esseulé parmi d'autres arbres plus nobles du parc ancestral. Il l'avait jugé un bon repère. La fine plaque d'acier de l'outil s'engage facilement dans les couches fragmentaires de feuilles mortes. Cette terre de forêt est tellement meilleure que celle de son potager, si grumeleuse et tendre, que Louis rencontre presque aussitôt le point dur à l'intérieur. Très impatient, il n'attend pas de déterrer complètement la cassette pour l'ouvrir et vérifier son contenu : les dix mille écus d'or y sont bien, là, sous l'éclat mat des lueurs nocturnes, roulant entre ses doigts, il n'en manque pas un. En les comptant une seconde fois, il se demande si dix mille écus est une somme suffisante pour mettre à l'abri sa famille.

La taille modeste du coffre ne l'empêche pas d'être épouvantablement lourd. Pour ne pas se briser les reins, de Funès le traîne jusqu'au jardin potager à l'aide d'une vieille ficelle de balle de foin. Entre agrandir un carré de son immense jardin pour enterrer la cassette sous un semis de radis, ou la caler dans une haie vive, un vieux rosier par-dessus, de Funès choisit la première option. Personne n'irait chercher là, sous le nez. Il arrache des pieds de salades montées en graines au bord d'une parcelle et commence à retourner la terre à la bêche. Il en profite pour nettoyer les bords du carré envahi par les adventices de l'allée. La pelle bute sur un câble électrique du réseau d'alarmes et de pièges qu'il a fait installer dans tous les recoins de la propriété. Le système est sensible, il espère ne rien avoir déréglé. Quand Louis se rend à l'église Saint-Martin le dimanche, les villageois du Cellier s'amusent d'entendre parfois le déclenchement intempestif du signal d'alarme avant celui des cloches.

Je pourrais bien profiter de son absence pour creuser la terre. Sans l'entrave de mes émotions au libre mouvement de mon corps, je ferais un voleur assez habile pour débusquer le trésor oublié de ses enfants et petits-enfants. La brutalité de sa mort l'a empêché de leur dévoiler la dernière cache. Le potager n'est plus entretenu. Je me glisse dans la propriété à l'heure de la messe. L'alarme retentit. On ne se méfie pas, on croit encore à une erreur, le souvenir de Louis gagne le cœur des anciens, c'est une nouvelle occasion de raconter aux plus jeunes des anecdotes, on laisse l'alarme finir son cycle sans s'inquiéter. Qui pourrait être assez désespéré pour cambrioler en plein jour une propriété comme celle-ci ? D'un seul coup, je rembourse les crédits, et ma mère n'en parle plus jamais à mon père. Dix mille écus auraient-ils suffi ?

Louis a une vision profonde et écologique du potager, il va chercher le savoir au jardin du roi, à Versailles, son nouveau statut de vedette lui ouvre certaines portes dont il n'abuse pas. En creusant, il se dit que la terre du château, pourtant à proximité des limons fertiles charriés par la Loire, est encore trop lourde, il faudra davantage l'amender avec du compost et le fumier des métayers, il faudra l'enrichir par l'humus. En bon jardinier, il recycle la matière organique, rien ne va à la déchetterie, tout revient protéger et nourrir le sol. Dès qu'il travaille, surveille la précieuse masse noire du compost pour l'aérer, l'arroser, la sécher ou l'incorporer à la terre, Louis se sent utile, il accomplit une tâche importante et simple. Avec les déchets, il découvre le sentiment étrange de donner et recevoir dans un même temps, il se familiarise, renoue avec la conscience de satisfaire un besoin aussi primaire que manger, boire ou dormir. Louis ne peut s'empêcher de repenser à cet article lu plusieurs mois auparavant dans *France Soir* : à leur mort, des jardiniers se compostent eux-mêmes plutôt que d'être mis en bière ou incinérés, c'est un nouveau mouvement mondial. Une habitante de la ville de Détroit, aux États-Unis, l'explique : être enterrée sans linceul, directement dans la terre, est un compost ; prendre part au processus du compost de son jardin est un apaisement pour une destinée humaine sans réponse. Ainsi elle participe au cycle de la vie, vivante comme morte. S'agit-il de se fondre généreusement dans l'élan vital universel ? de se transformer pour ressusciter ? ou de miser toutes les parts de soi dans le vivant pour avoir une chance de le rester un peu encore ? D'une manière ou d'une autre, c'est persister. Louis sait que le compost n'est pas un pourrissement. Et s'il en croit cette jardinière, son corps dans le compost ne serait plus un anéantissement.

J'ai découvert le jardinage tardivement. Par souhait d'autonomie d'abord, de retour à la graine, puis par plaisir, manger, le silence, la lenteur, oublier, voir la transformation, apprendre la terre, le sol, toucher. J'ai participé à plusieurs « ateliers nature » au parc de la friche Kodak, notamment à une formation de guide composteur-pailleur organisée par la communauté de communes où je vis, pour expliquer aux habitants comment diminuer le volume de leurs déchets domestiques. Un reste de repas jeté dans un sac-poubelle en plastique est un gâchis. Le contenu des caveaux dans les cimetières en est peut-être un autre. Les deux sont coupés du sol. Un corps de Louis de Funès mort dans un bac à compost peut sembler une bonne idée de partage et de vie, à condition de le sectionner, de le fragmenter, de l'écraser, de le broyer, car il faut donner aux visibles, larves de mouches, mouches vertes lucilies et moucherons, cloportes, diplopodes, nématodes, collemboles, vers enchytréides, larves de cétoines, gros vers blancs, myriapodes, vers rouges du fumier, limaces, escargots, et aux invisibles, algues, moisissures, levures, actinomycètes, acariens oribates, un maximum de surfaces à ronger, ne pas contrarier, voire stopper le processus de maturation, savant équilibre d'air et d'eau.

Pour préparer son semis de radis du lendemain, Louis va chercher un peu de compost à mélanger en surface de la parcelle. Il en presse une poignée dans sa main pour en vérifier l'humidité : une goutte noirâtre coule sur ses phalanges, ça mûrit dans de bonnes conditions. Il se réjouit d'avoir peut-être sur les ongles les restes de jardiniers, célèbres ou modestes. Il s'imagine couler lui-même le long de ses propres doigts.

Tandis que je creuse, suis-je en train de pelleter un peu du corps de Louis, des os, ce qui lui restait de cheveux, des dents, des ligaments trop noueux pour les auxiliaires du jardin ? Qui me dit qu'il est vraiment enterré au cimetière du village ? Avec un peu d'argent bien distribué, rien n'empêche de se faire inhumer dans son jardin. Voilà pourquoi les alarmes se sont déclenchées le jour de son enterrement !

Louis est à proximité de sa cassette, et partout dans l'eau. Ses particules ont coulé dans les nappes phréatiques, ont suivi le courant du fleuve vers l'océan. Il s'est évaporé dans les nuages pour retomber avec la pluie sur les terres de son domaine aux premiers vents d'ouest. Il me suffit de plonger les mains dans la terre de ce trou pour toucher son argent, sa poussière, et concevoir un dialogue nouveau avec lui et les jardiniers avant lui, à travers ma peau.

Louis,

on se dit tu.

En bon pécheur, souviens-toi, tu entends parfois ça le dimanche à l'église : le sol est maudit à cause de toi, c'est avec peine que tu en tireras ta nourriture, tous les jours de ta vie, il te produira des ronces et des chardons, tu mangeras des produits du sol et de l'herbe des champs, tu en tireras ton pain à la sueur de ton visage jusqu'à ce que tu retournes à la terre d'où tu as été pris, car oui, nous ne sommes pas cendre mais poussière et nous retournerons à la poussière.

Et à l'eau.

Un reste de vie dans l'infime quantité d'un corps, le compost, l'air, l'eau, peuvent-ils nous rassurer, toi et moi ?

Une particule plutôt que le néant.

Heureux les jardiniers, composteurs, pailleurs, qui n'ont plus peur de la mort.

Muley

En 1993, je prends encore un goûter. Je commence par couvrir un côté de la table de la cuisine avec un torchon pour récupérer les miettes plus facilement, en faire tomber le moins possible sur le lino, surtout, comme ma mère me l'a montré. C'est la procédure. Assis sur une des quatre chaises grinçantes en formica, le haut du corps penché au-dessus du torchon, je mange un pain au lait ou une chocolatine du supermarché, sirote une cannette de Coca. Si en fin de semaine le paquet est vide, je me fais des tartines de beurre saupoudrées d'une cuillerée à café de chocolat instantané.

Je suis seul dans l'appartement. Dehors il fait doux, c'est la fin de l'été. Quelques jours auparavant, ma mère m'a accompagné au collège pour ma rentrée en sixième. Les fenêtres sont ouvertes. À cette heure, le soleil passe par la chambre de mon frère, se faufile dans le hall d'entrée et jusqu'au seuil de la cuisine. Ses rayons sur l'émail de l'évier, sur le placard blanc des produits ménagers situé dans la partie basse, rebondissent dans toute la cuisine, sur la tapisserie du hall et le mur nu du cagibi.

Aujourd'hui, je suis assis dos à la grande baie vitrée de la loggia. J'aime voir entrer la lumière par ce côté de la cuisine, c'est le signe de la belle saison et du jour long.

Un grand *clac*. C'est ainsi que je m'en souviens. Inédit, anormal. Il a couru sur la hauteur de la façade. Il a traversé l'appartement par toutes les fenêtres. Un grand *clac* : Louis de Funès qui écarte les bras d'un coup sec vers le ciel. Je n'ai pas sursauté, je suis à l'abri. Le son n'a pas résonné, a peu vibré, mais il est entré. Si j'avais connu l'origine du son avant de l'entendre, je me serais peut-être mieux préparé à l'écouter pour pouvoir le décrire, m'en remémorer les nuances. Sur l'instant, il m'évoque le claquoir que les professeurs d'éducation physique et sportive utilisent en athlétisme pour donner le départ d'une course : deux petites plaques de bois rectangulaires, épaisses et parfaitement poncées, recouvertes de plusieurs couches de vernis, qui en se refermant l'une sur l'autre fracassent les parois de l'air et délivrent brutalement le creux de sa voix. Cette onde insaisissable, je la cherche pourtant, je sors la tête par la fenêtre de la chambre de mon frère, attentif, au cas où elle se reproduirait. Mais il est trop tard, je ne peux plus entendre fendre l'air un corps solide lancé à vive allure contre un autre corps solide, sentir le souffle de la gravité sur ma joue gauche, tourner légèrement la tête dans cette direction avant l'impact du grand *clac* et, cette fois, trembler de surprise, l'apercevoir tout près, là, devant moi. Je ne peux pas voir le corps d'une femme tomber en silence, sans cri de peur, sans regret, dans une position étrange, contre-intuitive, les bras le long des flancs, qui entame sa bascule vers l'avant, ni sentir ma gorge sécher, mon estomac durcir à l'idée du choc qui vient, éprouver un début de réflexe idiot pour la rattraper, puis enfin confirmer, ou infirmer, que les êtres humains rebondissent légèrement lorsqu'ils tombent d'une quinzaine de mètres de hauteur sur un sol goudronné.

Un doute me prend d'abord, il disparaît rapidement. Non, ce n'est pas ma mère allongée sur l'allée principale, pile devant le hall d'entrée de l'HLM, bien qu'elle menace parfois de mourir bientôt. C'est une de nos voisines, Mme Moirand, dans une position presque normale pour dormir, en chien de fusil, si ce n'est ce bras et cette jambe tournés dans un sens surprenant pour une personne de son âge. Je suis trop loin pour m'en assurer, mais son visage me paraît sans expression. Pas de manifestation de douleur, peu de sang. Ses chairs ne se sont pas écrasées comme un steak haché en éclaboussant les vitres du local de l'amicale des locataires du rez-de-chaussée ; ses os, en éclatant, n'ont pas couru sur l'asphalte comme du verre sur un carrelage. Une civière, un camion de pompiers, un seau d'eau et un coup de balai-brosse suffiront à effacer les traces visibles de son geste. Ne survivra que le grand *clac.*

Ça n'a pas l'air si grave, elle va peut-être s'en sortir. Elle porte un tricot vert sapin, une jupe épaisse en coton gris et des bas noirs. Pas de chaussures. La chaise qu'elle a utilisée pour se hisser sur le rebord de la fenêtre de sa chambre doit être restée à la même place. Elle a certainement quitté ses pantoufles pour y monter, par peur de glisser. Je fais de même quand je veux attraper quelque chose en haut des placards. Personne n'a levé la tête, personne ne sait si elle s'est assise sur le rebord, les jambes dans le vide, combien de temps, alors, elle a attendu comme ça.

Jusqu'à cet instant, elle avait fait des efforts. On la rencontrait autour de l'immeuble, elle se promenait au ralenti sur le parking, d'un pas lourd. Elle suçait des bonbons à la menthe, on sentait leur fraîcheur quand elle parlait de son état de santé, de ses médicaments qu'elle avalait d'un même geste. Ma mère en prenait aussi – moins, sans doute. La conversation de Mme Moirand était longue, ennuyeuse et triste. Quand elle rencontrait quelqu'un, elle n'avait plus la force d'utiliser les formules de politesse de la mendiante. Elle embrayait directement sur son état et vous enfermait dans son malheur. Depuis longtemps, elle n'était plus cette voisine avec qui on sympathise en emménageant dans un nouveau logement, qui s'intéresse à vous, qui connaît vos enfants et, lorsqu'ils sont malades, vous propose, après la visite du médecin, de lui confier l'ordonnance et d'aller chercher les médicaments à la pharmacie pendant que vous les veillez.

Son mari était toujours absent, ils ne partageaient plus rien. On disait qu'elle le soupçonnait d'avoir une maîtresse, une femme de la résidence d'en face.

Elle se plaignait parfois d'une dame qui la regardait d'une drôle de façon à son retour du marché. Son fils avait trouvé du travail dans une ville lointaine où il s'était mis en ménage. Il travaillait beaucoup, elle le voyait peu. Elle était seule.

Quand ils apercevaient Mme Moirand en rentrant du travail, ma mère et mon père évitaient sa trajectoire en passant par l'arrière de l'immeuble. Pour ne pas avoir à faire semblant, ils empruntaient les escaliers de secours plutôt que l'ascenseur. Comme tout le voisinage, ils avaient fini par se moquer gentiment de cette voisine assommée par les molécules de synthèse. Quelqu'un l'avait surnommée « Suce-pastilles », et sur son passage, le sobriquet surgissait dans les têtes comme un pop-up, avant de descendre sur le bout des langues, sur celles de mes parents, et sur la mienne par mimétisme.

Sa longue chevelure noire, curieusement vierge de cheveux blancs, s'étale sur son visage d'une pâleur à peine plus marquée que son teint habituel. Elle a sauté sans ses lunettes. À sa place non plus je n'aurais pas voulu voir s'approcher de moi avec netteté tout ce qui est en bas, les détails triviaux du vide qui auraient détourné le moment de son ampleur. Les mégots de cigarettes du voisin du deuxième, les crachats globuleux des adolescents qui marquent leur territoire, les taches de pisse des caniches en laisse, les fines crottes sèches des chats errants, rien de cela n'est venu gâcher son projet, la fulgurance de la rupture qu'elle escomptait.

Son mari est arrivé peu de temps après, aussi rapidement que les pompiers. Comment a-t-il pu faire si vite ? Qui l'a prévenu ? Qui a appelé les secours ? Il n'y a encore personne aux fenêtres, personne sur le trottoir. S'il était chez sa maîtresse, il n'avait que quelques marches d'escalier à descendre et la rue à traverser. À moins que Mme Moirand n'ait agi à une heure où elle était certaine de le voir revenir du travail.

À genoux au chevet de sa femme, il a écarté doucement quelques mèches de ses cheveux pour lui caresser la joue. À présent, il tend l'oreille vers sa bouche. J'aperçois du mouvement sur ses lèvres bleutées, elle lui murmure quelque chose. Est-elle en train de le maudire du fond de l'enfer ou d'implorer un dernier mot d'amour ? Il ne lui répond pas, il lui demande, sans émotion apparente, en cherchant son regard, pourquoi elle a fait ça. Je ne suis pas encore un cinéphile ni un lecteur aguerri, mais j'entends déjà que cette réplique sonne mal. Elle me met en colère. Elle ridiculise le dernier acte de notre voisine.

Lui adresse-t-il maladroitement un ultime témoignage d'intérêt pour masquer sa satisfaction d'être enfin soulagé d'elle ? Est-il trop abasourdi pour réaliser que le pire n'a pu être évité, que ce n'est pas de la fiction, que son fils et lui seront désormais hantés par cette journée ? Ce mari est-il devenu à ce point étranger à sa femme qu'il est incapable de constater sa souffrance, qu'il croit qu'elle pourra être sauvée encore cette fois, car jusqu'à aujourd'hui, aucune dispute, aucune crise, aucune violence, aucun mensonge n'était venu à bout de leur vie commune ? Il pourrait demander à mon père de radiographier son épouse, peut-être parviendrait-on ainsi à la réparer.

Une mine d'or, cette Mme Moirand ! Les actionnaires de la clinique s'en frottent déjà les mains : un pangonogramme pour vérifier l'alignement des genoux, une radio du rachis pour inventorier les fractures des vertèbres, un cliché du thorax pour dédramatiser une possible perforation des poumons par le bris des côtes, une vue face/profil du crâne pour évaluer sa déformation sous l'épais cuir chevelu, et puis les métatarses du pied venus enfourcher les malléoles, et le glissement du bassin, la luxation de tous les coudes, la soupe des cartilages, une molaire absente de la mandibule, un mikado de clavicules, des doigts trop serrés pour laisser passer les rayons X, une épaule suspendue, et par-dessus ça, sans se défiler, faire l'image du premier os de Mme Moirand à avoir touché le sol.

J'accompagne mon père dans la salle de radiologie n° 3 – comme ces dimanches de garde où, subitement, son biper sonnait à la boulangerie, et qu'il était plus long de me ramener à la maison et de repartir plutôt que de m'emmener avec lui. C'est la plus grande salle du cabinet. J'ai sous le bras les cassettes de films nécessaires aux examens. À son signal, je les glisse dans le tiroir de la table pour que le tube émette ses rayons X, imprime sur le film les ombres livides. Son apprentissage artistique inachevé a ouvert à mon père les portes de cet emploi qu'il a occupé toute sa vie. À défaut de portraits et de paysages, il a l'os. Meilleur qu'un photographe, à toute heure du jour et de la nuit, mon père transperce le vivant, il retire tout le mou du décor de l'âme pour extraire le solide dépourvu de secrets et d'émotions. Après toutes ces années de travail, il s'est désintéressé du beau et du laid. Il observe, il transmet, il reconduit, parfois il alerte ou rassure. Il n'a pas la responsabilité du photographe ni celle du radiologue, il est le technicien qui ne peut pas rater l'image d'un os, il n'en existe qu'une seule correcte à interpréter. Son exploration de ce corps est reposante. Derrière le vitrage de protection du poste de commande, il n'a pas peur de hausser la voix pour exiger des positions inconfortables – Tournez les épaules ! Tendez les bras ! Levez les mentons ! Aplatissez les bustes sur les plateaux ! Tirez les jambes ! Écartez les pieds ! Gonflez et dégonflez d'air ! Ne respirez plus ! Ne respirez plus ! Vous pouvez respirer. Déshabillez ! Asseyez-vous dans les salles d'attente !

Je suis sa longue blouse blanche dans les méandres de l'étroit couloir qui mène à la chambre noire. Comme dans un train fantôme, je tourne à droite, à gauche, puis de nouveau à droite pour perdre la lumière. Le silence y est rassurant, personne ne viendra nous chercher ici, le fantôme de Suce-pastilles, peut-être, pour nous demander des comptes. Entre dextérité et précaution, il ouvre une par une les cassettes pour en sortir les films à introduire dans la gueule de la développeuse. La fine matière en polyester chargée de toutes les couches d'émulsions chimiques se corne et se froisse quand il la manipule trop vite. Elle imite le bruit de la foudre.

Dans les cinémas où j'ai travaillé, j'ai retrouvé des sons et des gestes similaires, et j'en ai découvert d'autres. En manipulant les bobines de films, j'ai senti les perforations de la pellicule entre mes doigts. Comme le squelette de Mme Moirand sur le négatoscope, j'ai regardé les images rétroéclairées par l'ampoule du banc de montage. Mais ensuite, je n'ai jamais rien fait d'autre que d'écouter le ronronnement du projecteur, et en hiver, rapprocher mes mains de la chaleur de sa lanterne. Je n'ai même pas essayé de créer des images pour faire mieux que mon père, encore moins de les animer. Derrière la machine, dans l'enceinte de la cabine de projection, derrière les têtes des spectateurs tournés religieusement vers l'écran, je me suis fait oublier à sa manière par la maîtrise parfaite d'un seul geste, par l'acquisition patiente d'un savoir-faire modeste, j'ai tenté de me cacher comme lui dans la chambre noire.

Je me remémore des grandes vacances où mon père était parti préoccupé. Ce n'était pas dans ses habitudes. Même dans les pires périodes des crédits, il n'a jamais montré de signes majeurs d'inquiétude, l'angoisse ne l'a pas gagné, il n'a pas eu à prendre de pilules pour s'en défaire. Cet été-là, le matériel de radiologie devait être intégralement remplacé par une nouvelle génération de machines numériques. Il en serait de même pour le cinéma quelques années plus tard. L'image de l'os ne serait plus prise sur une plaque ni un film révélateur, comme c'était le cas depuis l'invention du procédé, mais sur un support auquel mon père ne comprenait rien. Ses patrons radiologues lui avaient expliqué que les images seraient désormais immédiates, elles arriveraient directement entre leurs mains, elles seraient accélérées, il ne servirait plus à rien de s'y attarder. Il n'aurait plus à collecter les bouts de squelette des patients pour reconstituer un bras, une jambe, une colonne vertébrale, à mesure que les radios sortiraient de la développeuse, comme dans la cabine de projection où je collais à la suite les unes des autres les extrémités des bobines d'un film à l'affiche le lendemain. Ses mains, et plus particulièrement les articulations métacarpo-phalangiennes et trapézo-métacarpiennes des pouces, ne seraient plus sollicitées pour serrer, pousser, relâcher, serrer, tirer, relâcher les cassettes. Elles ne s'useraient plus comme la pièce de bois brut sur laquelle repose le tiroir du vieux bahut. Mon père n'aurait plus à rassembler dans la chambre noire les enseignements glanés dans les laboratoires de l'usine Kodak.

Quand il a repris le travail, le support de l'image ne constituait plus l'image elle-même, il était devenu simple logement, une zone de stockage dont la matière était étrangère aux images. Celles-ci n'avaient plus de présence propre et définitive, elles s'étaient transformées en séries de chiffres nécessitant une traduction par un outil tiers. Elles étaient un objet indirect et impalpable, une information sur un écran, mais plus jamais l'empreinte véritable du désespoir de notre voisine.

Mme Moirand est redevenue une personne sérieuse. Elle avait un temps d'avance sur mes parents. Je ne me souviens pas des mots qu'ils ont tenté d'employer, je sais seulement qu'il y en a eu peu. Ma mère et mon père s'inquiétaient de savoir ce que j'avais vu, ce que je pensais, comment je me sentais, mais ils paraissaient gênés, ils ne me rassuraient pas. Ils parlaient du bout des lèvres, presque à eux-mêmes. C'est ma mère qui parlait le plus. Comme d'habitude, il était difficile de savoir à quoi mon père pouvait songer.

La nuit qui a suivi, j'ai eu peur d'être visité par Suce-pastilles pendant mon sommeil. Étrangement, c'est mon père qui est venu me rejoindre dans mon rêve.

C'est un matin, à la lumière qui entre du côté du levant ; mon père me nettoie les oreilles avec un coton-tige. J'aime quand il le fait tourner sur lui-même à l'intérieur du conduit. Peu après, je sens quelque chose dans mon oreille droite. Du bout des doigts, j'en sors un chapelet de filaments, comme les racines d'une plante, ou une plume de paon, avec au bout de chaque branche des bourgeons qui se mettent à fleurir de toutes les couleurs. Je demande à mon père de regarder, mais il tarde à le faire, et les fleurs fanent avant qu'il ait pu les admirer.

Ce soir-là, ma mère a évoqué le souvenir de son grand-père, le père du Lion, qui avait choisi de se noyer dans la rivière avant d'être trop vieux pour pouvoir le faire. Je savais depuis longtemps que son corps puis sa tête avaient été retrouvés plusieurs jours après sa disparition, vert et bleu, mangés par les poissons du coin.

En la minuscule ablette, jusqu'à l'énorme silure glane.

Fatigué de ne plus avoir la maîtrise de la télécommande, mon père va se coucher. Il dort bien. Toujours pas de médicaments.

Nous sommes à nouveau réunis, mon frère et moi, livrés à nous-mêmes, immobiles devant la télé. Je reconnais cette pesanteur des heures gâchées et de l'imaginaire fuyant. C'est une désagréable impression de retour en arrière, lorsque je cherchais les moyens d'amorcer ma vie d'adulte, sans métier ni années d'études, empoté, attaché à la mère, au père, quand j'ignorais comment me comporter à l'extérieur, au travail, sexuellement. Avoir une passion n'était pas assez sérieux, je ne pouvais pas en tirer un salaire. Il ne me restait qu'à espérer faire quelque chose, trouver n'importe quel emploi pour gagner ma vie. L'idée de travailler dans un cinéma est arrivée bien plus tard.

Le calendrier était devenu liquide, les repères s'effaçaient. J'étais livré à l'inertie d'une boucle de journées sans rien pour engager mes bras ou combler les blancs de mes pensées. Mon père, qui, comme ma mère, n'a jamais manqué un jour de travail, était chagriné par ce *statu quo*. Pour se rassurer, il s'obstinait chaque soir à me demander ce que je comptais faire le lendemain. Je n'en savais rien. Il n'y avait plus que la nuit pour me remboîter dans ce monde. La nuit, les gens rentraient chez eux, ils mangeaient, ils regardaient la télé, et puis ils dormaient. La journée s'arrêtait pour eux comme pour moi. Le mouvement s'interrompait. Je pouvais l'observer de ma fenêtre. Et c'est la télévision, chaque nuit, dans le silence tamisé de la salle à manger, avec ses programmes vulgaires, hypnotiques, racoleurs, aventureux, et parfois inspirants, qui m'a donné l'aperçu de ce qui pouvait rester de ma part du monde quand j'ai été prêt à la saisir. Elle savait me trouver et me parler de politique, de musique, de cinéma, de littérature.

Un nouveau matin redonnait au contour du dehors sa précision, les visages retrouvaient leurs carnations, les corps étaient ranimés, ils accéléraient pour se fondre dans la reprise du mouvement, tandis que je demeurais dans le demi-jour de l'attente. Mais je n'attendais rien, car je ne savais pas quoi attendre.

Je me suis fabriqué une vie par l'image et le son. Ils ne me demandaient pas de concentration, aucun effort, j'étais disposé à les accueillir. Je les attendais, j'avais de la place pour eux, ils faisaient passer mon temps, je n'avais rien d'autre à faire. Le cinéma, la musique, plutôt que la littérature. Je me suis intéressé aux mots pour prolonger le choc de l'audiovisuel, en établir les conséquences.

C'est au cœur d'une nuit perdue comme celle-ci, par hasard, étalé au fond du canapé, que j'ai rencontré Muley Graves. Son visage en noir et blanc, tout à la fois anxieux et déterminé, est apparu au hasard d'un énième changement de chaîne. À la fin du film, j'ai lu sur *Télé 7 Jours* qu'il s'agissait de l'adaptation par John Ford du roman de John Steinbeck, *Les Raisins de la colère.* L'exode d'une famille de paysans du Midwest des États-Unis, parmi des centaines de milliers d'autres, jetée sur les routes par la Grande Dépression et la calamité agricole des tempêtes du *Dust Bowl.* Le lendemain, il me fallait lire le livre, rester encore aux côtés de la famille Joad ; cette histoire m'avait ébloui.

Muley sort des profondeurs de l'écran par la flamme d'une chandelle qui trace grossièrement les traits de son nez et de sa mâchoire émaciés. Je ne l'ai pas vu venir, il n'aurait pas dû être là, dans cette baraque abandonnée, mais en route vers l'ouest, la Californie, avec sa famille et tous les autres métayers de cette contrée de l'Oklahoma, expulsés de leurs fermes par la Banque. Il est resté sur place pour garder les masures et les frêles granges épargnées par la lame des bulldozers avec le faux espoir que sa famille et son peuple reviendraient un jour au pays. Il a préféré quitter la société des hommes, endurer une vie de solitude, de misère, dissimulé dans les champs de coton, plutôt qu'une existence de nomade : il est l'enfant d'une lignée de pionniers au sang fort, capables de reconquérir ce territoire.

Muley a été un homme autrefois. Il s'était lui-même fait homme. Il a mangé, bu, planté et compté. Il a fait face à la sécheresse, aux années de mauvaises récoltes, et il a accepté l'offre d'hypothèque de la Banque pour continuer à vivre de sa terre. Il a vu les limons fins de la couche fertile du sol se muer en poussière, le vent des tempêtes la souffler en de monstrueux nuages de sable noir venus ensevelir les semis, les outils de travail, et s'accumuler sur les toits et le seuil des maisons comme un blizzard de neige morte. Il a vu le fléau. Le désert avancer. Le blé tendre, le maïs, la plante annuelle vit et meurt, elle ne peut empêcher cette terre légère de s'envoler comme le font l'herbe et l'arbre enracinés. Muley avait finalement compris. Il allait faire autrement, ne plus labourer sa terre. Il voulait reconstruire les pâtures, créer des vergers, planter des forêts. Génisses et brebis viendraient paître autour du potager, à l'ombre des châtaigniers.

Mais comme l'usine demeure plus puissante que l'ouvrier, la terre est trop vaine pour le fermier. La Banque a demandé à Muley de partir : sa famille et les milliers d'autres comme la sienne coûtaient trop cher, l'ancien système de métayage la privait d'un meilleur bénéfice. Faire produire la terre. La Banque a convaincu une poignée des enfants de ces vallées de travailler pour elle en leur distribuant quelques dollars de plus que les autres. Elle les a transformés en ces quelqu'un qui appellent au téléphone, envoient des courriers, frappent à la porte et veulent entrer dans l'appartement pour s'emparer des objets. Faire cracher à cette croûte de poussière son dernier dollar de profit. La Banque a collé les quelqu'un sur le siège d'une grosse voiture décapotable pour qu'ils portent dans chaque foyer l'avis de saisie définitive. Elle a mis entre leurs mains le volant d'un tracteur neuf et leur a ordonné d'abattre les clôtures de l'exploitation de leurs pères, de planter le soc de la charrue dans le sol battu de la cour où jouaient leurs frères et sœurs, et d'y semer chaque année du coton jusqu'à la mort du sol, de bousculer, d'arracher, d'écraser et de rouler sur leurs maisons de bois pour mettre en fuite les plus récalcitrants membres de la famille. Elle a glissé à leur ceinture une matraque et un revolver pour qu'ils surveillent la nouvelle platitude des vallées, cette fine ligne sombre d'un horizon sans mémoire.

Quelqu'un-voiture. Le jour où un quelqu'un est venu lui dire de partir, Muley n'avait pas son fusil à la main. Le quelqu'un n'a pas pris la peine de descendre de sa voiture. Il a remis un papier à Muley qui a posé une question à laquelle le quelqu'un ne pouvait pas répondre : qui l'obligeait à quitter la terre qui faisait de lui un homme ? Le quelqu'un n'était pour rien dans cette décision. Muley l'a cru. Le quelqu'un a précisé que ce n'était pas non plus la responsabilité du quelqu'un de la compagnie donneuse d'ordres, ni la faute du quelqu'un du conseil d'administration de la Banque de l'Ouest à laquelle elle appartenait, ni celle du quelqu'un président directeur général de la Banque de l'Est. Il n'y avait pas d'Harpagon sur qui donner des coups de bâton. C'était la Banque. Personne. Ou tout le monde.

Quelqu'un-tracteur. Le jour où un quelqu'un est venu détruire sa maison, Muley avait son fusil à la main. Il a menacé de tuer. Mais le quelqu'un l'a découragé. Lui ou un autre, il y aurait toujours un quelqu'un.

Quelqu'un-matraque. Le jour où un quelqu'un est venu vérifier qu'il ne restait plus personne sur les terres de la Banque, Muley s'est caché. Il est né sur cette terre pour la travailler et y mourir. Aucun ordre, aucune sentence, aucune injonction, aucun bannissement, aucune calamité ne l'obligerait à partir. Il est resté là pour réfléchir, apprendre et comprendre, jouer à cache-cache avec les quelqu'un, le temps de trouver le moyen de rendre sa colère. C'était sa terre, il n'en voulait pas d'autre. Par loyauté envers elle, il n'est pas rentré dans le rang des anonymes qui ont perdu leur nom en l'arrachant à la terre natale pour prendre la route. Muley a conservé le sien et le fait entendre comme la plainte d'un peuple maudit. Son nom rôde et résonne désormais dans la nuit, tandis que les quelqu'un exécutent le funeste remembrement des terres volées.

Dans le journal de travail qu'il a tenu durant l'écriture du roman, John Steinbeck a écrit à propos de Muley Graves : « J'aime Muley. Il est plein d'une bonne haine. » C'est un des rares commentaires de l'auteur sur un personnage. Autant dire que Muley, rôle pourtant secondaire, tient une place particulière dans le récit. À elle seule, sa haine renseigne sur les causes de l'exode et présage ses effets. L'écrivain ne précise pas ce que signifie une *bonne* haine, il me permet de l'inventer.

Première hypothèse : si elle est bonne, la haine peut être juste. De l'avis de Steinbeck, Muley est une victime sans coupable sous une forme connue. Privé de révolte, réduit à l'impuissance, il voit sa haine circuler et gonfler en lui. S'il faut un motif acceptable pour éprouver une haine qu'il est sinon convenu de considérer comme une impasse éthique, l'écrivain place la haine du côté d'une morale qui commande de réparer le préjudice que Muley et les siens ont subi. Steinbeck juge la haine bonne lorsqu'elle élabore, lorsqu'elle devient le moteur de combats futurs pour un changement qu'il appelle de ses vœux. Le chemin vers celui-ci n'est pas tracé, mais l'urgence de la haine de Muley lui apporte un sens. Elle est le premier jalon.

La Banque, elle, estime le crédit neutre. Ni bon, ni mauvais. Les marchands d'armes avancent le même argument. C'est ce que l'on en fait qui en détermine l'effet. Personne ne vous oblige à emprunter de l'argent ni à hypothéquer une propriété. S'il y a un problème avec le crédit, il vient de l'individu débiteur, pas du créancier. Muley ne peut s'en prendre qu'à lui-même. La Banque est neutre. Elle est étrangère à tout. La Banque est amorale. C'est une nouvelle loi de la nature : personne ne hait l'ouragan ou le raz de marée. La Banque se soustrait à la bonne haine de Muley. Elle ne l'autorise pas à lui demander réparation. Sa haine ne pourra jamais la rencontrer. Elle est sans objet.

Ai-je le droit de haïr la Banque ? À défaut, ai-je le droit de haïr tous ceux qui ont agi de près ou de loin pour prêter à mon père ?

Comment se venger ?

Seconde hypothèse : au regard de l'implacable cynisme de la Banque, Steinbeck donne libre cours à la haine de son personnage. En privé, sur la page de son journal de travail, l'auteur est prêt à assumer la déflagration de son bon usage.

« Alors, on tire sur qui ? » demande Muley.

Il y a dans la grotte des carapaces de tortues vides empilées tout près d'un éboulis de crânes et d'ossements de chiens de prairie. Accroupi à l'entrée, fesses sur les talons, Muley recoud patiemment le ruban de son chapeau. La cavité est creusée dans la berge d'une ravine proche de son ancienne ferme, personne ne viendrait l'y chercher. Des peaux de lièvres et de ratons laveurs, des queues de moufettes et d'écureuils pendent aux clous tordus de quelques bonnes planches de bois glanées sur les ruines des maisons pour étayer le trou. Au pied du poteau qui les soutient, un fusil et un couteau de poche reposent sur une caisse en osier, entre un litre d'eau, des cristaux de sel gris et des grains de poivre échappés de deux petits sacs en toile. Une paillasse dans le fond est coiffée d'un matelas de lit à barreaux, il fait office d'oreiller quand le sommeil vient cueillir l'ancien fermier. Contre la paroi, des couches de tissus noirs mêlées à des pièces de jeans bleus s'amassent sous le poids d'une bouilloire en fer-blanc et son quart.

Muley manie avec aisance une imposante aiguille enfilée d'une longueur de petits bouts de fil noués les uns aux autres. Sa grand-mère lui a enseigné la couture, il a passé beaucoup de temps en sa compagnie, surtout après la mort de son père. Il pense même se souvenir d'un ou deux points de broderie. Elle disait que, pour des personnes respectables comme eux, il n'y avait pas de travail de femme ou d'homme qui ne mérite d'être appris.

Muley est calme. Ses doigts de pied creusent machinalement le sable du ruisseau à travers les trous de ses chaussures. Par ici, au crépuscule, le silence revient. Seul le murmure de l'eau accompagne le lointain claquement d'ailes de l'engoulevent en parade. Muley sourit, il va bientôt pouvoir glisser une plume de poule sauvage à son chapeau, comme le faisait son père, par fantaisie, lorsqu'il partait à la chasse.

Aux dernières pâleurs du couchant, Muley rassemble le petit bois du feu de son repas du soir. Il l'allume presque à l'intérieur de son antre, le quelqu'un ne doit pas apercevoir la fumée gagner les hauteurs, la ravine s'empourprer de lumière. La fumée ne manque pas de s'accumuler sous la voûte et de le faire tousser, mais elle dissipe le relent douceâtre de charogne qui flotte dans toute la vallée.

Muley sent le feu. Il sent tout entier le feu lorsqu'il arpente les terres la nuit. C'est la seule trace qui pourrait le trahir.

La première fois qu'il a trouvé refuge dans la ravine, Muley s'est remémoré avec nostalgie le grand bûcher monté chaque été par ses voisins et leurs familles pour fêter la fin des moissons. Ils venaient y faire cuire et partager leur viande, puis dansaient et sautaient par-dessus le brasier une bonne partie de la nuit, comme le voulait la tradition. Il lui arrive encore de fredonner quelques airs de ce temps-là. Contraint à vivre comme le coyote qui hurle chaque nuit dans la plaine, Muley a senti germer un nouvel élan, bien différent de celui qui avait poussé ses milliers de voisins sur les routes. Depuis les abîmes de la tanière où on l'avait jeté, il allait se déployer, se répandre partout, sur toutes les terres, sur toutes les cultures et les fermes spoliées. Il allait y rencontrer des fantômes, sur la voie des premiers hommes à avoir été volés, ceux qu'avait tués ou fait fuir le père du père de son père. Il allait devoir subir leur colère pour rendre la sienne, il allait s'unir à leur propre catastrophe pour reprendre cette terre, à l'ombre de leur dieu vengeur. Il allait se diffuser, se propager, déborder, se dilater avant de se rassembler et de porter le coup solaire de sa réponse.

À présent, Muley pense qu'on peut arrêter un tracteur avec un fusil. Il regrette de ne pas avoir commencé par là avant de voir sa maison détruite. Il avait cru à l'égalité entre ses semblables, à la liberté pour chacun de bâtir son propre destin qui ne serait ni exceptionnel ni provisoire, et il s'était ramolli. Il avait perdu l'autorité du pionnier qui ne se soumet à aucune contrainte, qui applique sa propre loi. Dès lors, Muley n'embarrasse plus son jugement de distinctions subtiles ni sa sentence de scrupules de méthodes. Il a fait le choix du chemin le plus immédiat, le plus rude, et le plus efficace. Seul contre tous, il est redevenu l'homme des bois.

Il s'est nourri un temps de cette liberté, de sa part de ciel et de terre, puis il a eu faim comme les chiens des Joad qui lui tenaient compagnie, morts l'hiver précédent, au milieu des sables. Depuis, il ne montre plus signe de douleur, de peur ni de colère. Il se dit à lui-même qu'il n'y a pas de Banque, pas de quelqu'un. Il n'y a que des hommes. La Banque n'est faite que d'hommes qu'il peut tuer, facilement, l'un après l'autre, jusqu'à ce qu'elle redevienne raisonnable. Il peut les tuer avec un couteau, avec son fusil. Il les trouvera, et il les tuera.

La vie ne vaut plus rien sur cette partie du monde. Il tuera tous les quelqu'un, les vendus, les lâches, les envieux, les traîtres, les inconscients, les indifférents, les égoïstes, sans se demander si le quelqu'un-matraque ou le quelqu'un-tracteur ou le quelqu'un-voiture pourrait être le fils d'un ancien voisin, un membre éloigné de sa propre famille, si le quelqu'un a lui-même honte de trahir son peuple. Il tuera jusqu'à ce qu'il n'y ait plus de volontaires pour faire le sale boulot de la Banque à trois dollars par jour. Muley ne peut pas faire d'erreur, si le type est là pour labourer ou interdire l'accès à ses parcelles, c'est qu'il mérite de mourir.

De petits tubercules de pommes de terre et un reste de gibier chauffent dans une casserole en cuivre. Comme le chant de grenouilles habitant les arbres disparus, de courtes notes flûtées montent avec la fraîcheur de la ravine. Muley glisse une nouvelle longueur de fil dans l'aiguille pour commencer le rapiéçage de sa veste noire, déchirée aux coudes et aux épaules. Il aime sentir l'aiguille traverser le tissu, le fil s'engouffrer dans la maille puis remonter à la surface, dessous, dessus, dessous, dessus, dessous… Un rat brun enhardi s'est discrètement approché du feu. C'est lui que Muley imite lorsqu'il rampe, chaque nuit, sur les mottes de terre sèches des cultures, et use ses jeans aux genoux. Sa veste s'accroche parfois aux branches les plus basses du coton quand il serpente entre les plants pour en admirer les fleurs blondes puis rosées, les capsules luisantes des graines en formation, les précieuses bourres blanches et soyeuses qui s'en délient. Le quelqu'un-matraque, alerté par le bruissement des feuilles mortes, dirige alors le faisceau de sa lampe torche dans sa direction. Il sort son revolver de l'étui et s'approche prudemment. La plupart du temps, Muley n'a pas besoin de fuir ni de se cacher davantage, le quelqu'un éclaire au mauvais endroit, ses sens sont pervertis par le tracteur sur lequel chaque jour il est juché, il ne sait plus lire le vent, les sons, il s'oriente et avance comme s'il creusait le sillon du labour sur sa machine, elle a gagné son âme au point qu'il ne sait plus marcher en humain, les pieds dans la terre, à sentir ses particularités, ses secrets.

Muley se plaît alors à observer les hésitations du quelqu'un. La lumière de la lampe traverse parfois son visage, il le reconnaît mais il est trop tard pour s'attendrir devant la peur qui vient de naître dans ses yeux vides. Muley le laisse s'approcher, il se sait invisible. Plus près, plus près encore. Il peut sentir l'odeur piquante d'eau de Cologne du quelqu'un, qui couvre à peine celle du cirage de ses bottes neuves. En une seconde, Muley se dresse et plante la lame rouillée de son couteau dans le cœur du quelqu'un, et cette seconde contracte en elle l'éternité, son geste est celui de milliers d'autres, avant lui, à venir, et en retirant la lame, il libère cette éternité dans chacune des secondes qui suivront.

Avant de disparaître dans le néant d'une nuit sans lune, Muley prélève ce dont il a besoin, son trophée. Ses gestes sont vifs et francs : il plonge plusieurs fois sa lame dans la terre, puis fait sauter quelques coutures, tire des fils, découpe une pièce d'étoffe dans la tenue du cadavre pour compléter l'improbable raccommodage de haillons qu'il porte depuis deux hivers. Il ne déshabille jamais. Il préfère avoir sur le dos ce patchwork de tous les diables plutôt que d'enfiler les vêtements d'un quelqu'un. Il veut garder sur lui le dernier habit taillé par sa femme, dans le tissu qu'ils étaient allés choisir ensemble à Shawnee, dans West Main Street, avec l'argent gagné de ses mains.

Muley laisse le quelqu'un mourir sur place, comme ses semblables pourrissent tout autour, sous le coton. Il lui donne la chance de faire offrande de son corps à cette terre que le soleil et le vent n'ont pas encore emportée, priant le Seigneur pour le renouvellement des âmes. Sa dépouille prolongera le paillage de chairs, de fibres, de cuirs, de cheveux, de dents et d'os nécessaire à la protection, au soin et à la nourriture du sol. Son sang se liera à la terre pour la féconder à nouveau. Les larves de mouches soldats et les vers attaqueront, envahiront, coloniseront, ouvriront, fragmenteront, réduiront, mélangeront, enfouiront : la décomposition se répandra dans le ciel et la terre pour que le lait et le miel coulent à nouveau dans la vallée.

Tuer la Banque : qu'elle lance des chiens féroces à ses trousses, il abattra les bêtes innocentes d'une balle dans l'œil. Il tuera tous les quelqu'un jusqu'à ce que les directeurs, les chefs de bureau, les administrateurs, les vice-présidents, les présidents, les présidents directeurs généraux de la Banque de l'Est et de l'Ouest se déplacent eux-mêmes pour faire produire la terre. Muley finira bien par tuer le type qu'il faut. Les quelqu'un ne seront pas remplaçables éternellement, et Muley a l'éternité devant lui. Il sera patient, la terre absorbera cette patience, elle se nourrira de cette éternité. Il remontera jusqu'à ces hommes absurdes qui amassent et enferment des milliers d'hectares de terre sans jamais la fouler un instant ni la prendre dans leurs mains. Il les tuera à leur tour parce que le temps du dialogue est révolu. La démesure changera de camp. Il tuera ces hommes qui ont peur de mourir. Mais avant ça, il leur montrera leur effroi dans une poignée de la poussière qu'ils ont créée. Et il sera pour eux l'émissaire du sentiment retrouvé de la puissance de la terre.

Peu après la mort de Mme Moirand, un autre mot est entré dans l'appartement. Cette fois-ci, je l'ai entendu s'y introduire, il n'était pas là avant, et aucun article défini ne le précédait. Surendettement. Il se disait sans rien autour, sans sujet, sans verbe, sans complément. Il était indépendant. « Procédure de » ou « Situation de » le précédait parfois, mais cela ne changeait rien. Le mot est entré par la bouche de mon père, il en tombait. Au début, je ne l'entendais pas bien. Mon père n'arrivait pas à le maîtriser, il le poussait vers ma mère qui le lui repassait aussitôt pour ne pas avoir à le dire jusqu'au bout. Ils essayaient de gagner du temps pour en trouver un autre plus à leur portée, moins massif, avec moins de syllabes. J'ai tenté de le dire à mon tour et j'ai vite compris que le mot était déséquilibré. Le préfixe « sur » était plus fort. Il resserrait les lèvres et crispait la langue contre les dents des deux côtés de la mâchoire. C'était la syllabe la plus tonique, sonore, les suivantes s'affaissaient derrière elle dans le silence. Elle balançait le mot comme une impulsion de saut dans le vide que ma mère et mon père n'avaient pas le courage de reproduire pour le rattraper.

Il était difficile à penser, ce mot nouveau, parce qu'il était le premier à établir la réalité de notre situation. À défaut de pouvoir nous considérer comme de vrais pauvres, il devenait possible de nous croire surendettés. Contre toute attente, un mot existait pour décrire, expliquer ce que nous vivions. Il ne pouvait pas avoir été créé pour nous. Il paraissait certain désormais que notre cas n'était pas exceptionnel, d'autres étaient enfermés dans les crédits. On ne les connaissait pas, comme nous, ils restaient invisibles, cachés derrière la honte, mais nous n'étions plus seuls. Le mot signalait que quelque chose ne fonctionnait pas. Il y avait un piège. D'autres hommes, comme mon père, étaient tombés dedans et avaient failli. Mon père n'était plus le pire des hommes, l'insensé, il n'était plus le naïf, le léger, l'imprudent, l'imprévoyant, l'indélicat, le lâche, ou plutôt, il n'était plus uniquement cela. Le mot me rendait une partie de mon père et réintroduisait du temps à l'intérieur de l'appartement. Contrairement au pluriel des crédits qui dispersait, le singulier du surendettement délimitait, fixait un cadre, il m'englobait dans quelque chose de connu, reconnu, une case raccrochée à d'autres qui ferait partie d'un tout. J'espérais même qu'en donnant un début, il pourrait amorcer une fin. Ce serait un moment de nos vies.

Je ne sais pas qui a mis le mot dans la bouche de mon père. Pendant très longtemps, je n'ai pas cherché à savoir.

Je travaille à quelques kilomètres du parc de la friche Kodak, au cinéma-théâtre municipal André Malraux de la ville de Bondy, à l'angle du Square du 8 mai 1945 et du Cours de la République, face à l'hôtel de ville. En discutant par hasard avec un collègue qui travaille pour la collectivité depuis de nombreuses années, j'ai appris que plusieurs figures importantes du Parti socialiste avaient siégé au conseil municipal, notamment Véronique Neiertz. Diplômée d'HEC et de l'Institut national des techniques de documentation du CNAM, militante au sein du mouvement féministe Choisir la cause des femmes, elle adhère au parti en 1972 et parvient, dès 1979, à intégrer l'appareil central comme secrétaire nationale et conseillère de François Mitterrand pour l'élection présidentielle. Dans la foulée de la victoire historique de 1981, elle est parachutée sur la neuvième circonscription de Seine-Saint-Denis, qui compte les cantons de Noisy-le-Sec, Romainville et Bondy. Elle n'a que trente-neuf ans. Elle pourrait être la grande sœur de mon père. Pour raffermir son ancrage local, elle cumule les mandats de maire adjointe de Bondy et de conseillère générale du canton de Bondy Nord-Ouest, avant d'être nommée plusieurs fois ministre. En quelques années, elle est devenue une femme politique de premier plan, secrétaire d'État aux Droits des femmes, puis, lors d'un passage au ministère de l'Économie, des Finances et du Budget, secrétaire d'État chargée de la Consommation. C'est à ce poste qu'elle s'illustre, en faisant voter, le 31 décembre 1989, la loi qui porte son nom, « relative à la prévention et au règlement des difficultés liées au surendettement des particuliers et des familles », premier et seul texte à instituer un traitement juridique spécifique du surendettement. Le nouveau mot entre dans les bouches. La Banque est-elle allée trop loin ?

Le mot traduit un phénomène qui n'est pas neuf, mais inédit par son ampleur. Dans les années 1960, l'État développe la « bancarisation » des ménages. Auparavant réservé à une minorité, le recours au compte bancaire individuel devient incontournable. Cette politique très encadrée, à la fois économique et sociale, ambitionne de transformer les bas de laine que les Français planquaient sous leurs matelas en capitaux disponibles pour les entreprises, tout en offrant des produits financiers sûrs, comme le livret A ou l'épargne logement, à même de soutenir la prospérité des foyers au cours des Trente Glorieuses. Dans une perspective semblable, l'État encourage la Banque à distribuer le crédit immobilier, jusque-là un monopole semi-public, pour soutenir le secteur du bâtiment, notamment vers la fin des années 1970 par le biais d'un nouveau type de prêt bonifié qui permet aux plus modestes d'acheter une petite maison. Ce n'est qu'à partir des années 1980 que l'État autorise à la Banque des activités marchandes auprès des particuliers et sur le marché international. La Banque obtient des mesures de déréglementation comme la loi bancaire de 1984, nécessaires au développement du crédit à la consommation. Par exemple, elle use plus fréquemment et pour des montants plus élevés de son droit à vendre un crédit sans demander au client de verser un apport ni l'interroger sur l'affectation de sa dépense : le marché est devenu très rentable. La production de crédit à la consommation double entre 1986 et 1988, tandis que l'endettement global des ménages augmente massivement : il fallait travailler une semaine par an dans les années 1950 pour rembourser ses dettes, alors qu'il faut compter plusieurs mois à la fin des années 1980. Avec la crise et la montée du chômage de masse, les défauts de paiement s'accumulent. L'État s'inquiète de la dangerosité potentielle du surendettement pour la vie collective. Le mot devient politique.

Est-ce parce que Véronique Neiertz a été confrontée quotidiennement au coût social du surendettement dans le département réputé le plus pauvre de France métropolitaine que Michel Rocard lui demande de reprendre en main un sujet sur lequel les socialistes se sont déjà penchés depuis leur accession au pouvoir sans trouver d'issue ? Pendant trois ans, elle négocie avec tous les acteurs du secteur afin de définir la nature du problème et d'en chercher les solutions. Autour de la table sont présents les pouvoirs publics – dont la Banque de France, le ministère de la Justice et le Trésor public –, les associations de défense des consommateurs réunies en comité, et la Banque, qui traîne les pieds, regarde ailleurs, conteste la réalité économique du surendettement. Il ne s'agit que de circonstances individuelles ! Du mauvais comportement d'une frange négligeable de sa clientèle ; au pire, d'une simple hausse temporaire des impayés. Ses services doivent apprendre à mieux couvrir les risques de cette soudaine libéralisation du marché du crédit.

En regardant par la fenêtre de mon bureau, je me demande si l'une de ces réunions, un rendez-vous préparatoire, de simples conversations téléphoniques informelles, ne serait-ce que pour défricher le sujet, ont eu lieu de l'autre côté du square, dans les couloirs de la mairie de Bondy, ses salles du premier étage, le cabinet du maire que j'aperçois derrière un alignement de baies vitrées de style brutaliste.

Les discussions avancent lentement. La ministre a peu de marge de manœuvre, le sujet n'est pas une grande priorité pour le gouvernement, elle ne pèse pas lourd au sein de son ministère de tutelle, lequel lui rappelle de ne pas entraver la liberté d'entreprise ni le pouvoir d'achat : le crédit est bon pour la croissance, il ne faut pas chercher de boucs émissaires au risque de restreindre l'accès au crédit du plus grand nombre, il est économiquement nécessaire et socialement utile, le crédit est une bonne chose, le surendettement est trop répandu mais l'endettement ne l'est pas assez, les Français sont moins endettés que les habitants de la plupart des pays riches, un retard à rattraper.

Mais la ministre a une carte dans sa manche : si aucun consensus n'aboutit, elle menace de remettre sur la table le projet avorté de « faillite civile » de son prédécesseur. C'est plus simple : on demande au débiteur surendetté de vendre tout son patrimoine, il rembourse ce qu'il peut avec ça, et on remet le compteur à zéro. Le reste, la Banque peut s'asseoir dessus, elle sera plus vigilante la prochaine fois. Le Comité des consommateurs ne se fait pas d'illusions. La ministre sait pertinemment qu'elle franchit une ligne rouge. Les réactions ne se font pas attendre : la Banque de France n'en demande pas tant, elle veut juste réguler un peu plus le marché, le Trésor recadre, il faut de l'argent pour financer une telle mesure et il n'en a pas, la Justice s'inquiète, et le contrat dans tout ça ? Qu'est-ce qu'on en fait ? Il faut l'honorer, c'est le droit. La Banque s'étrangle, c'est immoral, la porte ouverte à la banqueroute et à l'impunité des mauvais payeurs !

Pour rééquilibrer les relations entre les débiteurs et la Banque, la loi Neiertz réussit finalement à instituer une procédure de règlement amiable, grâce à la création dans chaque département d'une commission d'examen des situations de surendettement des particuliers. C'est un espace inédit de conciliation qui appréhende en une seule fois, et de manière globale, l'ensemble des difficultés de paiement entre la personne surendettée et la Banque. Un représentant de l'État préside la commission, un représentant de la Banque de France assure le secrétariat ; sont également présents un représentant local du Trésorier payeur général, un représentant du Comité des consommateurs et la Banque. Si un accord est trouvé entre les parties, il débouche sur un « plan conventionnel de redressement », rien de moins qu'un contrat qui permet le plus souvent au débiteur de se voir accorder l'aménagement ou l'allégement de sa dette, en contrepartie d'un allongement de la durée de remboursement.

Mon père est allé au centre-ville de M., pas très loin de l'appartement, pour retirer le formulaire CERFA *Déclaration de surendettement* au secrétariat de la succursale de la Banque de France. Des questions étaient imprimées sur les nombreuses pages de couleur bleu ciel. Des questions qui voulaient tout savoir. La personne au guichet a aussi gentiment glissé dans le formulaire deux brochures informatives provenant des collections « Les textes utiles » et « Des réponses à vos questions » éditées par les services du Secrétariat d'État et la Banque de France : l'une s'intitulait *La Loi Surendettement* ; l'autre, *Vous Êtes Surendetté.*

Dans ce dossier, mon père a tout mis : nom, prénom, date et lieu de naissance, domicile, situation de famille, état des revenus, état du patrimoine mobilier et immobilier. Il a tout déclaré : les retards de loyers, d'électricité, de gaz, d'eau, de cantine scolaire, les arriérés d'impôts sur le revenu et d'impôts locaux, les prêts personnels accordés par sa belle-mère, les crédits de trésorerie obtenus dans les magasins, tous les contrats des crédits avec les échéanciers, les correspondances avec la Banque, les relances, les arriérés, nom et adresse de la Banque. Il a cherché – les a-t-il jamais trouvées ? – les pièces justificatives dans la mallette noire à code qu'il rangeait dans le cagibi. Pourquoi possédait-il ce type de valise réservé aux hommes d'affaires ou aux truands ? Elle débordait de courriers et de papiers administratifs, sans classement spécifique. Ma mère compactait les siens dans un vieux protège-cahier marron grand format qu'elle rafistolait avec du sparadrap transparent récupéré à la clinique. Comment ont-ils préparé cette déclaration ? Je ne me souviens pas de les avoir vus chercher ensemble ces papiers, ouvrir la mallette et le protège-cahier sur la table de la salle à manger pour éplucher méthodiquement les documents un par un, dans le calme et la concorde, les mettre en commun, les comparer, les sélectionner, les ordonner, avant d'aller en faire des photocopies. On avait conseillé à mon père de joindre au dossier une lettre dans laquelle il expliquait l'origine de son endettement ; les surendettés doivent avoir une bonne raison de l'être. J'aimerais croire que ce qu'il a écrit m'aiderait à le comprendre.

Je suppose que mon père a fait plusieurs allers-retours au secrétariat de la Banque de France avant de déposer sa déclaration. La personne au guichet a dû lui dire que son dossier serait jugé irrecevable s'il était incomplet ou mal ficelé. Selon la loi Neiertz, le surendettement se caractérise par l'impossibilité manifeste de faire face à l'ensemble de ses dettes. Elle subordonne cependant le bénéfice de la procédure à la *bonne foi* du débiteur, sans toutefois en donner la définition. Cette notion ne figurait pas dans le texte original de la loi, elle a été ajoutée lors de sa discussion à l'Assemblée nationale puis au Sénat. La création de la commission de surendettement s'oppose à l'une des bases de l'ordre social français selon laquelle la promesse d'un contrat doit être honorée aux lieux, temps et conditions convenus. Pour ne pas laisser croire qu'il est possible de s'endetter sans devoir payer, pour modérer l'octroi de cette faveur et ne pas démoraliser les bons payeurs, le législateur a introduit dans le texte ce critère supplémentaire. L'exception juridique devait être réservée au débiteur sincère, intègre, loyal, méritant et fidèle à sa parole. Pas à celui qui ment sur l'état de ses charges ou de ses ressources lors de la souscription des crédits, qui cherche délibérément à vivre au-dessus de ses moyens, qui accumule des arriérés alors que ses ressources sont insuffisantes, qui fait sciemment de fausses déclarations ou remet des documents inexacts pour bénéficier de la procédure de traitement, qui dissimule une ou plusieurs dettes à la commission, qui en contracte de nouvelles…

Il reste encore à examiner quelques dossiers. Après une courte pause, l'État invite les membres de la commission à se rasseoir pour poursuivre la séance de la matinée. La Banque de France demande à la gestionnaire en charge de l'instruction du dossier de présenter la déclaration. Tous les membres de la commission en ont une copie sous les yeux. Chacun la consulte pendant l'exposé, certains griffonnent des notes, relèvent des montants, entourent des dates et des chiffres, parfois on marmonne des commentaires. L'instructrice termine l'exercice par une lecture de la lettre de mon père, que personne ne semble écouter.

Après un court moment de silence, l'État souligne l'importance des fonds, l'absence d'un emprunt immobilier qui pourrait en expliquer l'origine, et cite à la place une liste saisissante de crédits, particulièrement des crédits consommation ou des crédits renouvelables de grands magasins. Il note que les contrats sont établis majoritairement au nom de monsieur. L'origine du problème lui paraît claire : encore un qui n'a rien compris aux règles du jeu. Le Trésor va dans son sens en commençant par énumérer l'affectation des sommes. Les objets sortent de sa bouche comme des bulles de bandes dessinées et voguent momentanément au-dessus des tables de la salle du conseil de la succursale. Ils sont vulgaires à côté du parquet Versailles en chêne, de la cheminée monumentale en marbre Brocatelle violacé et du grand miroir encadré à l'or fin ; ils sont frivoles sous les riches moulures de feuilles de vigne du plafond. Le Comité tempère en mentionnant les pénalités de retard et les intérêts très élevés pratiqués par la Banque, qui ont significativement gonflé le capital de départ. Cette dernière ne leur trouve absolument rien d'exceptionnel.

L'État demande à l'instructrice de leur rappeler la profession de mon père. Manipulateur en radiologie, depuis une vingtaine d'années. Manipulateur ? répète le Trésor. La commission sourit. Mon père n'est pas un idiot, l'État se dit qu'il faut faire des études pour exercer cette fonction dans l'hospitalier. Pas forcément, si l'on en croit la gestionnaire, ou alors depuis peu, un ami à elle du même âge que mon père exerce ce métier à l'hôpital de M. Le Comité en profite pour interpeller l'instructrice et connaître les raisons qui l'ont amenée à classer ce dossier dans la catégorie de surendettement *actif*, cela lui semble pour le moins arbitraire. Il pointe la chronologie resserrée de l'endettement, les crédits ont tous été contractés sur une courte période, un événement pourrait en être l'explication : l'enquête a-t-elle permis à l'instructrice d'en apprendre plus à ce sujet ? La gestionnaire hausse mollement les épaules.

L'État revient sur l'impressionnante liste de crédits. Il s'adresse à la Banque. Comment se fait-il qu'elle en ait accordé un si grand nombre ? La Banque estime qu'elle a fait son travail à partir des déclarations du client, comme elle le fait toujours. Des chartes de déontologie, des guides de bonnes pratiques référençant l'ensemble des règles éthiques de délivrance et d'usage de prêts ont été mis en place dans ses établissements, mon père et ma mère ont des revenus fixes, un métier stable, rien qui s'oppose à l'emprunt, si ce n'est son mauvais emploi. Pas d'excès, plus d'accès…

Joli slogan, mais s'il vous plaît, gardez-le pour vos clients ! La Banque de France rappelle à la Banque le taux d'endettement très élevé du ménage ; cela aurait pu l'alerter. Si elle se décidait à répertorier l'ensemble des crédits de ses clients et à en diffuser l'information à toutes ses agences, poursuit le Comité, la commission aurait moins de dossiers sur son bureau à traiter. Contrôler préventivement l'encours d'un débiteur deviendrait un jeu d'enfant, on ne pourrait plus la soupçonner de distribuer le crédit de manière irresponsable. La Banque s'impatiente. Et pourquoi ne pas autoriser la faillite civile, tant qu'on y est ! Et si ça continue, dans cinq minutes, vous allez nous dire que vous êtes encore en croisade contre le crédit à la consommation ! Allons, nous n'en sommes plus là, tout de même. Le

Comité ne va pas remettre cette histoire de fichier « positif » sur la table ! Soyons sérieux, je vous prie. Que fait-il du secret des affaires ? de la concurrence pure et parfaite ? des libertés individuelles ? Qui serait assez malin pour fixer un niveau d'endettement unique acceptable pour tout le monde, sans risquer de réduire l'accès au crédit ? C'est un outil impossible, le Conseil des Sages l'a dit : la prévention du surendettement ne constitue pas un objectif de valeur constitutionnelle, contrairement à la lutte contre la fraude ! Ce fichier existe pourtant chez nos voisins européens, Belgique, Allemagne. La Banque ne pourrait-elle pas prendre exemple sur eux ? se demande le Comité. De ce qu'en sait l'État, le surendettement n'a pas disparu dans ces pays pour autant.

La Banque de France revient au dossier : deux enfants à charge, il y a un risque de dégradation rapide de la situation. Le Comité évoque le peu d'arriérés de loyers et de charges courantes, conjoncture rare à ce stade : s'il faut agir, c'est maintenant. La Banque subodore que le Comité tente d'écourter les débats parce que son ventre gargouille. Il est 12 h 30, le dossier a la chance de tomber à l'heure du déjeuner. Néanmoins, la Banque n'est pas contre : plus vite mon père assainira sa situation financière, plus vite il pourra emprunter à nouveau. L'État n'aurait pas dit mieux. Dans ce cas, le Comité précise que le cadre d'attribution d'un micro-crédit serait le plus approprié. Malheureusement, nous n'en sommes pas là, soupire l'État qui médite un temps avant de soumettre au vote la recevabilité de la demande. N'enregistre aucune voix contre. Allez, on le prend !

L'apparence du confort a l'effet du confort. Peu avant la guerre, John Steinbeck écrivait : « Lorsque chaque ouvrier américain aura acheté à crédit son automobile et son frigidaire, le syndicalisme aura disparu. »

Dès qu'elle est saisie, la commission estime la capacité de remboursement de mes parents. Afin de déterminer la somme mobilisable pour rembourser le passif, elle retranche à leurs salaires les coûts du loyer, de l'électricité, du gaz, de l'eau, du téléphone, de l'assurance habitation, de l'assurance voiture ; les frais d'essence, des courses, des vêtements et de la scolarité ; les impôts sur le revenu et les impôts locaux. Sur cette base, la commission négocie et formule des mesures de report, de rééchelonnement des paiements, de remise des dettes, et elle propose une réduction du taux d'intérêt pour certains crédits, une suppression pour d'autres. Elle demande à mon père de ne plus emprunter et l'inscrit au FICP – Fichier des incidents de remboursement des crédits aux particuliers – pour plusieurs années ; elle lui demande de vendre les objets non indispensables qui lui restent.

La Banque juge l'évaluation de certaines charges du foyer encore trop élevée en miroir de la réduction des dettes à laquelle elle consent. Le Trésor approuve : mon père pourrait, comme Berthier, changer de voiture pour un modèle moins onéreux que la 405, ses factures d'essence, d'entretien et d'assurances diminueraient d'autant. Il pourrait également rogner sur les frais vestimentaires ; d'autres familles dans la même situation se tournent vers la seconde main. Pour que la commission trouve un accord, le Trésor suggère de ne pas tenir compte des charges déclarées par mon père – à n'en pas douter le reflet d'un train de vie qui ne saurait perdurer en l'état – pour ne garder que le loyer, et les impôts, évidemment, et d'adopter le barème standard du forfait pour l'alimentation, l'hygiène et la santé. L'État n'y voit pas d'inconvénient. C'est trop peu pour le Comité, cela revient à laisser au ménage un minimum inférieur à celui que la Justice concède dans le cadre d'une saisie sur salaire. L'État confirme que la commission n'est pas le tribunal, sa mission est avant tout d'inciter à un compromis satisfaisant toutes les parties. Le Comité rappelle tout de même la possibilité d'un incident sur la durée du plan. Un arrêt maladie de longue durée, par exemple, pourrait avoir des conséquences sur les revenus. Les enfants vont grandir, ils auront de nouveaux besoins. Il est important de préserver un minimum de souplesse budgétaire. La Banque estime faire les efforts nécessaires, le débiteur doit en prendre sa juste part. L'État et le Trésor sont d'avis que le problème ne vient pas du niveau des ressources ; mon père doit d'abord apprendre à gérer son argent. Que pouvait-il bien faire d'une moto de cross ? Nous devons lui montrer qu'il y a l'utile d'un côté et le futile de l'autre… Ah non, vous n'allez pas vous y mettre vous aussi !

Le Comité voit les choses en noir, une augmentation de salaire est toujours possible. La Banque de France lui fait remarquer que, au pire, une adaptation du plan consécutive à un aléa de la vie peut être examinée, comme il le sait. Mon père n'aura qu'à en faire la demande, c'est une procédure courante. Le Comité rappelle aux membres de la commission qu'il est crucial que le débiteur ne subisse pas la décision, mais qu'il s'en empare, laquelle sera, en tout état de cause, violente pour le foyer. Ce n'est pas pour rien, selon lui, si, depuis sa création, la commission a pris l'habitude de désigner cette ressource mensuelle minimale comme étant le *reste à vivre*.

Fin 2022, le journal *Libération* a publié une série de reportages sur le thème du surendettement dans un contexte de forte inflation post-covid. Pour une raison que j'ignore, une envoyée spéciale du journal s'est rendue à une audience du tribunal judiciaire de M. Son article relate le passage de douze dossiers devant la vice-présidente en charge des contentieux de la protection, autrement dit, des litiges liés à un bail d'habitation ou au remboursement d'un crédit à la consommation. Douze histoires aussi banales et désastreuses que la nôtre : une ancienne dette de 15 000 euros pour la voiture d'une femme fraîchement divorcée et sans emploi avec un enfant à charge ; une autre dette de 22 000 euros d'un jeune couple d'ouvriers qui souhaitait prendre un nouveau départ après la perte d'un premier enfant, en s'offrant des vacances et quelques meubles pour son logement – c'est la deuxième fois que ce couple passe devant le tribunal, lequel a déjà effacé un premier surendettement, trois ans plus tôt ; 90 000 euros pour un quinquagénaire, célibataire et sans enfants, qui a tenté de trouver, grâce aux lignes de crédit renouvelables mises à disposition par la Banque, un réconfort impossible après le décès inattendu de son père – la commission de surendettement a exigé qu'il vende sa voiture et déménage dans un plus petit appartement, mais rien n'y fait…

Pitié. Tous ces individus s'excusent, promettent, ils ont honte, pleurent. Pourtant, la magistrate a une attitude très respectueuse, elle ne leur fait jamais la morale, comme c'est parfois le cas. Elle ne cherche pas de coupables, elle énonce simplement les faits notés sur des monceaux de dossiers et demande à en apprendre les circonstances. Durant les quinze minutes d'audience accordées, elle veut cheminer le plus clairement possible dans chaque histoire – ce qui ne présage rien du degré de sévérité ou de clémence du jugement qu'elle rendra. Sont-ils sincères ? Feignent-ils la repentance qu'on leur demande de témoigner pour obtenir une décision favorable ? Justice. Un seul d'entre eux semble s'être affranchi du joug de l'institution, il dialogue avec la juge sur un plan d'égalité. L'homme est isolé, lors du premier confinement il a perdu son emploi et la vue. Pris de forts maux de tête pendant l'épidémie, il n'a pas osé déranger les soignants débordés. Un traitement de dernière minute a sauvé un peu de lumière dans son œil droit. S'il a cumulé 29 000 euros de dettes, c'est parce qu'il avait décidé de mourir, ne payait plus ses factures, s'était retiré du jeu. Miséricorde.

Sur la photo qui accompagne l'article, un jeune couple à la barre, de dos, perdu au milieu du prétoire décoré avec les mêmes matières impersonnelles et médiocres que les bureaux de la Banque. On ne voit ni la présidente ni le greffier, le couple se noie, seul, dans l'uniformité marronnasse du faux bois qui recouvre des murs, des comptoirs et des bancs lisses, autant de contrevents disposés autour du récit fragile pour éviter qu'il ne déborde sur les chaussures des auditeurs.

J'aurais pu écrire à la journaliste pour lui demander pourquoi elle avait choisi précisément ce tribunal. Elle m'aurait répondu qu'il n'y avait à cela aucune raison particulière, le hasard, une facilité de logement sur place, peut-être, permettant d'économiser les frais de mission. Elle aurait pu faire ce reportage dans n'importe quelle ville, n'importe quel tribunal – quelle importance ?

C'est peu probable, mais il est possible que la Banque ait contesté la recevabilité du dossier de mon père. Dans ce cas, la commission a pu saisir le juge pour statuer sur le recours de la Banque. Je me demande alors si mon père a monté jusqu'au bout ces marches du parvis du palais de Justice devant lesquelles je suis passé tous les jours pour me rendre au collège, puis au lycée, déjà mal à l'aise dans l'espace public comme je n'ai pas cessé de l'être depuis, incapable de tourner la tête vers les grappes d'adolescents étalés dessus comme sur des gradins, pour passer le temps ou attendre le bus, le public exigeant d'un théâtre de l'ordinaire. Je faisais partie de ceux qui avaient tout intérêt à l'éviter, pour qui il valait mieux être assis que sur scène, sinon traverser celle-ci avec des amis, en même temps que d'autres. M'y aventurer seul revenait à produire un spectacle à mon insu, à m'exposer à une critique gloussante ou acide. Je marchais en tentant de deviner qui m'observait, pourquoi on me prêtait attention, sans savoir ce qu'on pouvait attendre de moi ni comment m'y soustraire, refusant de toute façon de m'y soumettre. Le public scrutait le léger tangage de ma démarche, s'étonnait du gonflement ridicule de mon sac à dos en similicuir, de la coupe inadaptée de mon manteau ; mon style n'en était pas un, et ma gueule, d'une banalité à punir ; je ne m'en tirerais pas comme ça. Si j'avais été assis parmi eux, j'aurais moi aussi trouvé des choses à redire et à exagérer, rien de plus facile, rien de plus distrayant.

Le trottoir du tribunal dépassé, je me retournais parfois discrètement et je ne voyais personne me montrer du doigt, les conversations et les rires ne m'étaient pas destinés, apparemment. Peut-être que personne n'avait remarqué mon passage. Ai-je vu trop de films pour me croire ou vouloir me croire sans cesse observé, un personnage de fiction avec une caméra dans le dos ? Je repassais pourtant devant le tribunal le matin suivant. J'aurais pu faire un détour.

Comme au temple d'Athéna Nikè, mon père est passé entre les immenses colonnes du portique qui surmonte la porte rouge de l'entrée. Elle est d'une dimension démesurément rectangulaire, et ses vitres sont bardées de croix noires en fer forgé. Seul dans le vestibule, au pied du grand escalier qui semblait sculpté dans la roche pour atteindre la salle des pas perdus, il s'est demandé un instant s'il fallait montrer sa convocation, signer un registre. On l'a invité à gravir l'escalier. Avait-il demandé à ma mère de l'accompagner ? Une fois en haut, il s'est de nouveau arrêté, hésitant sur la salle d'audience à rejoindre, la petite ou la grande. Mon père a progressé dans l'allée centrale, entre les bancs du prétoire, comme à l'église, à pas feutrés, en admirant la hauteur de plafond. Il s'est appuyé à la barre pour écouter les questions de la vice-présidente. Comment avait-il eu connaissance de l'engagement de cette procédure ? Qui l'en avait informé ? Combien d'années s'étaient écoulées entre la création de la commission et le dépôt de sa déclaration ? Combien d'argent avait été perdu dans les taux d'intérêts usuriers au cours des premières années de remboursement ? Pourquoi personne ne l'avait informé plus tôt ? Avait-il contracté de nouveaux crédits pendant cette période ? Qui avait sollicité la commission ? Si tard ? La Banque, qui désirait à n'importe quel prix se faire payer ? Et si maintenant par malheur le tribunal le déboutait, comment s'en sortirait-il ? Sa voix traîne quand il commence à répondre. La juge ne l'entend pas. Mon père doit parler plus fort. Il étire le début des mots et ne les termine pas, ses phrases sont une mélasse insignifiante. Ses propos sont précédés de lentes négations, il essaye de gagner du temps. Il ne comprend pas tout à fait les questions. Il ne fait pas exprès, il sait qu'il a fait une bêtise mais pas vraiment laquelle. Où a-t-il fait erreur ? Ses paroles fuyantes épuisent les questions de la juge, elles parviennent à les faire oublier. Il ne reste plus rien sur quoi répondre. Encore un vrai tour de magie. Alors, mon père laisse la vice-présidente parler, il écoute. Il sait se faire gronder.

Qu'il se soit présenté au tribunal ou qu'il ait accepté le plan de redressement de la commission, mon père a bien bénéficié de l'une de ces procédures. Dans ce cas, pourquoi n'a-t-il pas été contraint de vendre le chalet ?

Avant les crédits, mes parents ont eu un projet d'achat immobilier. Mon père a grandi dans une maison au cœur d'un hameau, à une quarantaine de kilomètres au nord de M. Il souhaitait devenir propriétaire, nous extraire de notre appartement d'alors, au septième étage de l'immeuble où il faisait trop chaud en été, ne pas avoir à revivre la canicule de juillet 1983. En se promenant dans le quartier, mes parents étaient tombés par hasard sur une petite maison à vendre. Son prix était légèrement supérieur au budget fixé, mais la Banque approuvait, ils ne pouvaient pas laisser passer une telle occasion. Mes parents étaient tous deux emballés – c'est ce que racontait mon père –, la petite maison ne comptait que deux chambres, mais elle était au calme, il y avait un jardin et une dépendance au fond à aménager, plus tard, quand ils auraient un peu d'argent. L'affaire était presque entendue, ils en parlaient à leurs amis, à leur famille, une deuxième visite était prévue avant que le Lion n'émette des réserves. La petite maison était frappée d'alignement, c'est-à-dire à proximité d'une voie publique, une partie du terrain appartenant à la Ville. Si la collectivité décidait d'élargir la route, mes parents pouvaient être expropriés de la partie du terrain concernée.

Je suis allé voir la petite maison. C'est une belle construction ancienne en pierre calcaire comme celle du tribunal. Mon père y aurait été occupé. Il l'aurait entretenue, embellie, augmentée, mille choses auraient été prétextes à une amélioration infinie, détail après détail, ses idées se seraient concrétisées sur les murs d'un nouveau Palais idéal. L'argent serait resté dans la petite maison. Ma mère aurait retourné un carré du jardin pour commencer un potager. Modeste, comme celui de la cour en bas de chez elle, quand elle était enfant, à peine de quoi planter deux pieds de tomates au printemps, un plant de courgettes et quelques aromatiques, mais ç'aurait été un bon début. Elle serait sortie de sa salle de bain, elle aurait feuilleté un livre de jardinage emprunté à la bibliothèque, étendue au soleil sur sa chaise longue bleue en songeant au meilleur moyen d'optimiser la surface de son lopin de terre. Elle aurait étudié son orientation, la direction des vents dominants, les besoins en eau. Combien de légumes pourrait-elle espérer cuisiner pour mon frère et moi ? Et des fruits ? Des fraises, des framboises, oui, facile, le quartier était construit sur d'anciens prés maraîchers, la terre était fertile, la rivière proche. Planter un arbre ? Pourquoi pas.

Bien sûr, la maison donne sur la rue, mais celle-ci est étroite, peu passante, à sens unique, presque piétonne au quotidien, et elle débouche sur le grand boulevard du secteur. Il est peu probable que la ville souhaite jamais l'élargir ; les axes voisins, plus grands, ne sont pas fréquentés outre mesure. La population est en baisse à M., les logements comme ceux de l'HLM suffisent à absorber le flux des nouveaux arrivants. La zone pavillonnaire est paisible, purement résidentielle, je ne l'imagine pas se transformer comme certains lieux de Seine-Saint-Denis, envahis de grues de chantier, patiemment prospectés par les promoteurs désireux de racheter les pavillons d'un même pâté de maisons à des couples sur le point de se séparer ou à des héritiers mis en demeure de payer les mensualités de l'EHPAD, pour les démolir, bien qu'ils soient en bon état, pour construire à leur place des logements de béton recouverts de briques factices, à vendre sur plusieurs étages. Le Lion a semé le doute dans l'esprit de ma mère ; mon père savait depuis longtemps qu'il était inutile de lutter. Mes parents ont renoncé à la petite maison. Soit, mais pourquoi ne pas en chercher une autre ailleurs ?

Au lieu de ça, mon père s'est entiché d'une autre option. Il s'est mis en tête de convaincre ses parents de lui céder gratuitement la vieille maison de métayers dont ils avaient hérité peu de temps auparavant. Sise à quelques kilomètres du village natal de mon père, elle était d'une valeur à peu près équivalente à la grange et au terrain que ses parents avaient déjà donnés à son frère aîné, juste à côté de chez eux. Mon père estimait sa demande équitable, il voulait aller vite, nous offrir au moins pour les week-ends et les vacances scolaires un coin de verdure à l'abri de la mauvaise isolation de l'appartement. Mes grands-parents, sous le prétexte d'en projeter la vente pour financer leur retraite, ont refusé. Ils n'avaient nullement l'intention de lui confier un bien dont ils le croyaient incapable d'assumer la charge.

À leurs yeux, mon père, différent depuis le plus jeune âge, joyeux, étourdi, fasciné, lunaire, facétieux, innocent, agaçant, n'avait pas hérité du bon sens de leur lignée de petits entrepreneurs prospères, carriers, tuiliers, exploitants agricoles, redevenus une génération avant lui modestes salariés mais propriétaires d'un patrimoine qui leur permettait encore de faire partie des premières familles de la vallée à posséder téléphone, automobile et téléviseur.

Ce bon sens, mes grands-parents étaient parvenus à le transmettre à l'aîné, l'importance de préserver la richesse familiale, de la valoriser, si possible de l'étendre et de la croiser avec celle d'autres familles. Mon père, lui, n'avait retenu que la fierté d'entendre les voisins frapper à la porte pour demander à téléphoner au médecin en urgence, son admiration pour sa grand-mère qui tentait de les rassurer en papotant et en leur servant à boire dans l'attente de la communication, sa joie d'inviter son meilleur ami à venir regarder dans le salon l'épisode hebdomadaire de la série américaine *Zorro*, le bonheur d'être assis à côté de son grand-père au volant de la Juvaquatre, en direction de l'hôpital, avec la fille de la voisine prête à accoucher de son premier enfant sur la banquette arrière, ressentir la bienveillance dépourvue d'arrière-pensées de cet homme si droit, si respectable, aimable, sa sensibilité, son sens du partage.

En regardant grandir mon père, mes grands-parents avaient perçu que les forces du sol, du sang, des pierres, de l'héritage, du nom, du passé n'avaient pas prise sur lui comme sur eux. L'envoyer en pension à un très jeune âge n'avait fait qu'empirer les choses. L'avènement de la société de consommation n'avait pas ébranlé les fondements de leur rapport avisé à l'argent, basé sur l'épargne, la prudence et la sobriété. Comment auraient-ils eu le recul nécessaire pour le mettre en garde contre les injonctions contradictoires d'une nouvelle économie qui s'emploierait sans vergogne à susciter en lui un désir infini, tout en lui demandant de faire preuve de retenue dans sa volonté de le satisfaire ? Sans y mettre des mots, ils ressentaient, à travers lui et sa manière d'être au monde, une légèreté inconcevable. Ne pas lui céder la maison des métayers, c'était tordre le cou à cette liberté menaçante.

À la place, mes grands-parents ont proposé à mon père ce qui restait du séchoir réaménagé de l'ancienne tuilerie, à l'abandon au milieu d'un bois, derrière leur grande maison. Une pièce unique, le dortoir d'une poignée de saisonniers qu'on faisait venir travailler jadis sur les terres familiales. C'était bien suffisant pour ne s'y rendre qu'aux beaux jours ! Nous pourrions en faire ce que nous voulions. Un bon coup de balai, un peu de peinture, et nous pourrions nous installer. Ma mère s'est mise en colère, mais mes parents ont accepté malgré tout – c'était ça ou rien.

Pourquoi se contenter du peu que mes grands-parents daignaient leur céder ? Pourquoi ne pas revenir au projet initial ? Ce choix était-il temporaire, en attendant de trouver une autre bonne occasion ? L'ancien dortoir était enserré d'arbres que mon père a peu à peu éclaircis. Forte de son habile manie de donner des surnoms aux choses et aux gens, ma mère a dès le départ rebaptisé cet endroit le « chalet ». Elle plaçait le mot dans la conversation dès qu'elle le pouvait, surtout en présence de ses beaux-parents. Tête haute dans le village, elle savait se jouer de l'affront, de l'inégalité que mes grands-parents avaient actée entre l'aîné et mon père. Elle avait trouvé avec malice une manière de donner à cette bicoque le lustre que sa belle-famille lui refusait. La surface était réduite, il n'y avait de place que pour des lits superposés, une table à pan coupé dans un coin avec des chaises pliantes, un lavabo, un petit réfrigérateur et, posé dessus, un réchaud à gaz. Ma mère avait agréablement décoré l'intérieur. Pour ne pas avoir à utiliser la salle de bain de mes grands-parents, mon père avait bricolé une cabane dans le prolongement du chalet, pourvue de toilettes sèches et d'un système de douche fait avec un tuyau d'arrosage ajointé au robinet extérieur. On mangeait et on vivait dehors, comme en camping. Mon frère et moi avions le loisir de jouer au foot et de faire du vélo, mais le plus souvent nous allions chez mes grands-parents regarder la télé. Plus rarement, nous partions en balade tous ensemble. Nous ne restions jamais là-bas longtemps, pas plus de quatre ou cinq jours consécutifs. Si la pluie venait à durer, le séjour pouvait vite être écourté, nous étions trop à l'étroit.

Nous nous sommes rendus au chalet pendant des années. Puis nous avons grandi, mon frère et moi, et ma mère s'est lassée du manque de confort. Seul mon père y met encore les pieds aujourd'hui, de temps en temps, pour aérer et réparer les fuites du toit. La question s'est posée plusieurs fois, mais il n'a jamais voulu vendre, même après les crédits. Avec le terrain, il aurait pu en tirer une somme qui, même modique, aurait permis de diminuer un peu la durée des remboursements, sans compter l'économie du coût des impôts foncier et locaux, de l'assurance habitation, des charges d'abonnement à l'eau et à l'électricité. Il lui était impossible de se séparer de la seule chose qui lui appartienne réellement. Il vivait dans le paradoxe d'être locataire de sa résidence principale et propriétaire de sa résidence secondaire. Et c'est le seul sujet sur lequel ma mère n'a jamais eu son mot à dire.

En choisissant d'aller faire son apprentissage à la ville, de faire un métier étranger aux intérêts de sa famille, un métier d'art, je ne sais pas si mon père s'est résigné à cette moindre position au sein de la fratrie, s'il s'est exclu lui-même territorialement, s'il a voulu au contraire marquer sa différence, faire ses preuves. En se mariant à ma mère, intelligente, sérieuse, travailleuse, mais belle et citadine, j'ignore si, au-delà de l'amour, il a souhaité s'attirer pour un temps le respect de ceux qui ne l'auraient pas cru capable de séduire une femme comme elle, ou s'il a sciemment renoncé à la tout autre légitimité qu'aurait pu lui apporter une alliance avec une fille du cru. Entreprendre une tentative de retour symbolique dans son village natal avec une stature supérieure, se contenter après ça d'un héritage au rabais, vouloir à tout prix le conserver malgré la faillite de son foyer, n'est-ce pas finalement, peu ou prou, chaque fois le même dilemme : comment trouver une place dans sa propre famille, celle d'un héritier légitime, et rompre avec l'enfant à qui l'on n'a pas permis de prendre part aux affaires tout en lui reprochant de ne jamais s'en être intéressé ?

Si c'est pour ces raisons que mon père était incapable de vendre le bien de son village natal, au risque d'être privé du bénéfice de la procédure de surendettement, ne puis-je pas considérer qu'il était de bonne foi en cachant son existence à la commission ?

Voilà, la Banque connaît maintenant l'existence du chalet. Maintenant que vous, vous savez, elle va remonter jusqu'à moi, se retourner contre mon père, reprendre son dossier trente ans plus tard, refaire les calculs, elle va demander à mes parents de payer l'entièreté de ce qu'ils doivent, aux termes et aux taux fixés à signature des contrats initiaux. La Banque est liée à nous, nous sommes liés à la Banque jusqu'à ce que la dette soit intégralement remboursée.

En passant devant la mendiante de ma rue, j'ai vu une nouvelle affiche publicitaire.

Payez votre rouge à lèvres en 3 fois
Payez votre rouge à lèvres en 3 fois
Payez votre rouge à lèvres en 3 fois

Après la procédure, mes parents se sont engagés pour une dizaine d'années supplémentaires à verser des mensualités légèrement moins élevées qu'avant. La loi ne prévoyait que des chiffres, de la finance, rien d'autre. Personne n'est venu à l'appartement pour essayer de comprendre ce qui s'était passé, pour apprendre à mon père la notion de « coût total du crédit », pour guérir ma mère ; personne ne s'est inquiété de la manière dont mon frère et moi vivions. La Banque a bien été payée.

Ma mère, mon père, mon frère et moi faisons partie des cinq millions de dossiers de surendettement déposés à la Banque de France depuis la création des commissions. Près de la moitié concerne des ménages qui ont fait plusieurs déclarations successives, signe qu'un premier passage en commission ou devant le juge n'avait pas permis de solder leurs dettes en intégralité et que leur situation s'était aggravée. Un dossier se multiplie en vies, puis en années de vie. Le dénombrement exact des millions de personnes actuellement surendettées en France est impossible, car beaucoup ne recourent pas à la procédure de traitement, le plus souvent par peur des représailles de la Banque, par ignorance de leurs droits, à cause de la complexité des démarches administratives ou parce qu'elles souhaitent garder secrète leur déconfiture.

À la lettre *L* de son autobiographie, *Le Dictionnaire de ma vie*, Gérard Jugnot se vante d'avoir réalisé plus de 300 publicités, dont une longue série pour le Loto – et au moins une pour la Banque. Il s'est fait un nom dans le domaine avec un film pour les allumettes Lucky Strike qui contournait la loi Évin. En pleine période de doute après l'échec de son film *Sans peur et sans reproche*, la publicité lui apparaît comme le gage d'une indépendance financière, un moyen de rencontrer des professionnels qui le feront travailler plus tard au cinéma, et une excellente école pour tester des techniques qu'il n'a pas eu la chance d'apprendre à la Fémis. Grâce à cette activité, qui a l'avantage d'être anonyme, le cinéaste a pu se concentrer sur *Une époque formidable…*, son prochain film.

L'écriture est difficile, peu de personnes croient au projet. Jugnot le propose à son producteur habituel qui vient de rejoindre Ciby 2000, la nouvelle société de Francis Bouygues. Autoproclamé premier entrepreneur du monde après sa réussite dans le BTP et la privatisation de TF1, celui dont le groupe fabrique aussi bien des petites maisons que le tunnel sous la Manche vient de passer la main à son fils, Martin, pour s'offrir un nouveau métier qui lui plaît, dans le cinéma – depuis une quinzaine d'années, il va au festival de Cannes. À première vue, Bouygues n'est pas enthousiaste : cette histoire de chômeur qui devient SDF n'est pas à son goût. Le film manque de souffle aux yeux du nouveau producteur, lui qui ambitionne de collaborer avec David Lynch, Pedro Almodóvar, Emir Kusturica, et de construire une cité du cinéma sur le terrain désaffecté des Grands Moulins de Paris qu'il vient de racheter. On a beau argumenter que le film ne coûterait pas cher, qu'il est entièrement financé, le grand patron refuse le projet. Jugnot retravaille le scénario, et c'est finalement l'histoire d'amour entre Michel Berthier et Juliette qui finira par persuader Bouygues.

Une époque formidable… sort dans les salles le 19 juin 1991 et cumule plus d'un million et demi d'entrées. Deux ans plus tard, le film est programmé un samedi soir en première partie de soirée sur TF1 : avec plus de treize millions de spectateurs, il devient l'un des plus gros succès de l'histoire de la télévision française pour un programme cinématographique. Plusieurs rediffusions ancreront dans la culture populaire des scènes comme celle de la pomme et les répliques les plus pittoresques d'un film devenu culte.

Je me suis souvent demandé pourquoi cette œuvre, qui montre magistralement un processus de paupérisation à une audience si large, n'avait pas abouti à une prise de conscience collective, sur un mouvement populaire de contestation auquel le pouvoir politique aurait eu obligation de répondre – comme ce fut le cas aux États-Unis avec l'influence des *Raisins de la colère* sur la politique du New Deal. Pourquoi la force de la fiction administrée à plusieurs reprises à des millions de personnes n'a-t-elle pas débouché sur des mesures concrètes pour que Berthier et la mendiante dans ma rue retrouvent un toit au-dessus de leur tête ?

C'est parce que Berthier n'est pas en colère.

Jugnot sait faire rire à partir de sujets sensibles, mais l'arrière-plan social lui sert à mettre en relief le parcours individuel et les erreurs d'un personnage dont, selon ses mots, « le mal de vivre sera guéri par la vie », à défaut d'une réaction de sa part. Comme dans son cauchemar du début du film, Berthier se noie dans les grandes marées de son siècle : la crise, le chômage, la baisse du pouvoir d'achat, son désir morbide, la rue. Il se débat dans des eaux d'où n'émerge aucune tête, il ne cherche même pas à comprendre et, contrairement à Muley, encore moins à désigner un responsable. Tout doit aller vite, il est plus simple de faire peser la déroute de Berthier sur ses propres épaules : son licenciement économique, présenté comme un « accident de la vie » ; son ego, qui l'empêche de demander de l'aide à Juliette ou d'accepter autre chose qu'un statut de cadre ; son comportement de consommateur irrationnel, qui le plonge irrémédiablement dans la ruine. Il est seul face à une mise en scène de la fatalité. Avec son œil de patron, Bouygues a perçu la faille du scénario : il ne comprend pas pourquoi Berthier ne retrouve pas de travail ! Voyons, il suffit de traverser la rue !

La menace pèse sur tous. Au-delà des rires, ce qui est considéré comme le meilleur film de Gérard Jugnot appelle les spectateurs à s'identifier à ce personnage de la classe moyenne qu'on aurait cru à l'abri du besoin, interprété par un acteur familier qui leur ressemble. C'est le moyen le plus efficace pour susciter une émotion, mais celle-ci n'est pas mise en perspective avec les mécanismes et les choix politiques, économiques et sociaux véritablement à l'origine de la chute du héros. Puisque Berthier n'est pas en colère, ma mère en reste à ce qui ne peut manquer d'arriver. À la peur. Son empathie se transforme en une compassion qui la conduit à relativiser son propre sort et qui paralyse une nécessaire pulsion de révolte. Elle s'imagine lui ressembler, finir à la rue, elle ne se demande pas comment le sortir de là. Je n'ai pas le souvenir d'avoir jamais vu ma mère se mettre en colère contre la Banque. Malgré l'espoir du *happy end*, le rire et la peur l'emportent. D'une certaine manière, Gérard Jugnot me fait rire et peur. Son film aurait pu être la parfaite illustration d'une campagne de prévention du Comité diffusée dans les années 1990.

Le surendettement,
une situation qui peut arriver à tout le monde.

Mais le risque n'est pas le même selon qu'on est salarié ou chef d'une grande entreprise, Muley Graves ou Francis Bouygues.

Soudain, la télévision s'est éteinte. Mon frère et moi sommes plongés dans le noir. Le vent a repris toute la place dans le silence de l'appartement. Sous le hurlement des peupliers, je n'entends plus que lui, des tuiles d'argile se briser sur le ciment des trottoirs, le tintement métallique de débris non identifiés qui raclent le sol.

Mon frère allume la torche de son portable. Elle éclaire son visage de la même manière que celui de Muley lorsqu'il apparaît aux yeux du spectateur pour la première fois. Il se dirige vers le cagibi pour aller vérifier le tableau électrique pendant que je tente de discerner ce qu'il advient à l'extérieur. La coupure est générale. Le quartier, invisible dans l'entrebâillement des volets de la cuisine, a disparu, écrasé par la fulgurance rageuse des masses du dehors. Il y fait presque chaud. Je referme la baie vitrée.

Mon frère a déniché une bougie dans le cagibi. Les allumettes sont dans un tiroir du buffet. Il la pose au milieu de la table de la cuisine, à côté des bols du petit déjeuner de mes parents, déjà disposés pour le lendemain. C'est dans celui de ma mère que le père Noël buvait autrefois un chocolat chaud avant de repartir distribuer les cadeaux des voisins. Mes parents, qui mettaient chocolat instantané, sucre et casserole à sa disposition, m'assuraient qu'il faisait lui-même chauffer le lait sur la gazinière durant notre sommeil. Au matin, la trace de chocolat séché au fond du bol était la preuve de la mystérieuse proximité d'un monde inconnu : hier, celui de l'icône populaire ; aujourd'hui, celui du couple de ma mère et mon père, jeunes parents complices et attentifs aux rêves de leurs enfants.

La courte flamme ne parvient pas à rester immobile, les ombres vibrent autour de nous qui restons assis sans savoir quoi faire de cette nuit trop longue. Il n'y a plus mes livres pour lire, tout ce que l'on fait ici marche à l'électricité, pas de jeux, avec mon frère nous ne jouons plus ensemble depuis longtemps, nous sommes tous deux mauvais joueurs, de mauvais perdants, ne reste plus qu'à parler ou aller nous coucher.

Mon frère ne veut pas dormir ici. Il préfère retourner chez lui, il ne veut pas retrouver sa chambre d'enfant, se réveiller dans ce vieux quotidien. Il refuse d'avoir à supporter l'humeur de notre mère quand elle se réveillera trop tôt, le froid des fenêtres ouvertes pour aérer, le bruit qu'elle fera et qui empêchera mon frère de profiter d'une grasse matinée un jour férié. Il veut lever les paupières dans son lit, tranquille, dans un espace impeuplé, sans surprise, errer dans son deux-pièces sans but précis, prendre et perdre son temps, s'adonner et penser à des choses légères, il ne veut plus jamais se sentir contraint d'agir selon les règles de l'appartement, il souhaite à présent trouver sa propre cadence, lui donner de la valeur, la vivre, la comprendre, en épouser les bienfaits. Ses mains ne tremblent plus comme avant. Mon frère veut ressentir la lenteur de son cœur, des battements pesants au plus profond, entendre ses poumons se gonfler, les muscles de sa poitrine relâcher doucement le souffle, se perdre dans le brouillard de la somnolence, suivre la pente de l'éveil, le cours simple d'un matin de sa vie, sans intervenir, sans le brusquer, seul, les gens il les verra plus tard, peut-être, quand il sera prêt à les accueillir et s'il en ressent le besoin. Plutôt se protéger que prendre le risque de souffrir, ma mère et mon père ne nous ont pas appris à vivre. À son réveil, demain, la mélodie sourde et enveloppante de l'endroit qu'il a choisi d'habiter. Il ne veut pas autre chose, personne, à part moi, si je souhaite venir, il sait que je ne perturberai rien.

Une vieille lampe de poche en état de marche traînait dans le cagibi. C'est suffisant pour rentrer chez lui à pied, il ne voit pas de danger à cela, il n'habite pas loin et fera attention, le vent va bientôt se calmer. J'essaie de le convaincre de rester avec moi, nous pourrions dormir un peu dans la salle à manger et partir dans quelques heures, avant le réveil des parents, prendre un café en ville, sans eux, la tempête sera passée, ce serait l'occasion de discuter. Il refuse et enfile son manteau. À la place, il propose en plaisantant que nous montions tous les deux sur le causse.

Immobile sur le paillasson de l'entrée, je regarde sa fine silhouette s'éloigner vers la sortie de secours. Le ferme-porte produit son grincement habituel par-dessus la cacophonie du vent. J'attends à la fenêtre du palier qu'il emprunte le passage pour traverser la résidence d'en face. Rien d'autre dans le lointain, devant moi, qu'une vague lueur jaunâtre glissant lentement sur le sol. Elle est voilée d'un lacis de matières charriées par les bourrasques, certainement des feuilles mortes, des branches, des ordures arrachées à des conteneurs renversés, des portions de toits, de murs, de la poussière, de l'eau, de l'air frais, tout ce que mon frère espérait voir tomber, changer, s'altérer, se détruire. Tout s'anéantit et se transforme.

Même à qui l'exerce depuis longtemps, le métier de projectionniste réserve parfois des embarras techniques. Mon expérience repose en partie sur la mémoire de mes erreurs, graves ou simplement cocasses. J'en ai fait un certain nombre à mes débuts. De ce temps-là, je garde un petit nœud au ventre à chaque lancement de séance pour une salle bien remplie, dès que la bobine du film entame son long défilé dans les premiers méandres de la machine. Il m'arrive plus rarement d'en faire aujourd'hui, elles sont le fruit d'une moindre vigilance, de l'habitude, la répétition de gestes qui ne m'apprennent plus rien.

Je commence par allumer la lanterne du projecteur avant d'éteindre l'éclairage de la salle, progressivement, pour ne pas prendre le public par surprise. Quelques secondes plus tard, je démarre le moteur, le film se met en branle, puis je plonge la salle dans le noir tout en ouvrant le volet de la lanterne qui libère les premières images à travers le hublot de projection. Leurs reflets éclatent déjà sur moi et sur les cloisons de la cabine quand je me penche et n'aperçois sur l'écran qu'un sombre méli-mélo de formes diverses nappées de rayures verticales inédites. Je rallume les lumières et stoppe immédiatement la projection pour vérifier l'état de la copie, le chargement du film dans le dérouleur, le projecteur, bobines débitrice et réceptrice, galets de renvoi, format de la fenêtre de projection, cadrage, focale, je fais tourner manuellement le moteur pour inspecter la circulation du film entre les débiteurs supérieur et inférieur, celui de la croix de Malte, je contrôle la longueur des boucles, et quand tout me paraît normal, je relance la projection. Hormis le son, qui est correct, le problème persiste, et je n'ai aucune piste de solution. De nouveau j'arrête la projection et rallume la salle.

Par rapport à un cinéma classique qui ne peut accueillir de spectacles vivants, un établissement comme celui de Bondy a l'avantage de disposer d'un accès direct depuis la régie à la salle. Je peux m'y introduire rapidement pour informer les spectateurs de la nature d'un incident, m'excuser pour la gêne, leur demander de patienter. Une voix parmi eux s'élève. Une voix de femme. Elle me signale que le rideau de scène ne s'est pas ouvert. Je reconnais Véronique Neiertz, debout au milieu des anonymes, et ses yeux marron cerclés de grandes lunettes rondes en écaille qui lui mangent la moitié de la figure, selon la mode des années 1980. Une épaisse chevelure brune tombe sur ses épaules et lui couvre le front. Cette longue frange me rappelle celle de ma mère ; elle aussi avait un pli au milieu des sourcils, qui trahissait son tourment, juste au-dessous de la ligne des cheveux. La ministre porte une veste de tailleur noire sur un chemisier de la même couleur, rayé de blanc et de gris, avec, accrochée à la boutonnière du revers, protubérante, comme un îlot de fantaisie sauvegardée, une fleur aux pétales de tissu mauve. Elle est d'une beauté discrète, rangée mais charmante, habitée par les signes d'une ardeur à exister qu'on devine maintenant déçue. Ce qu'elle vient de m'annoncer paraît l'émouvoir, comme si c'était sa faute et qu'elle s'excusait d'avoir tenté d'ouvrir elle-même le rideau sans y parvenir. Elle s'imaginait autre chose, pouvoir faire mieux. Quand elle se tourne pour répéter son message, le doigt pointé vers le rideau, pensant que je ne l'ai pas entendu la première fois, je vois s'agrandir l'ovale d'une tache de beauté sur la peau blanche de sa joue gauche. Le bleu-gris du nævus la recouvre peu à peu. Je fais semblant de ne rien remarquer, de connaître les raisons du problème technique pour faire bonne figure, et de chercher le moyen de le résoudre : imagine-t-on un projectionniste qui oublie d'ouvrir le rideau devant l'écran ? Remonté dans la cabine, je rembobine le film, recharge le projecteur, et enfin, le rideau s'ouvre.

C'est encore pire cette fois. Un noir impénétrable là où devraient s'animer de brillantes images multicolores. J'ai tout bien fait, il n'y a pas d'erreur possible. Lorsque je pousse la porte de la salle, je suis d'abord surpris par le silence, même le son ne fonctionne plus. La salle est vide, dévastée. La lumière blafarde des blocs de sécurité incendie imprègne l'air chargé d'humidité. Le vent se fait entendre ici aussi, il rugit à travers les bouches d'aération et les issues de secours qui, sans leurs grilles brisées et leurs portes dégondées ou pourries, ouvrent sur d'effrayantes galeries à destination des entrailles profanes de la terre. Plusieurs rangs de gradins sont balayés, fauteuils défoncés, déboulonnés de leur socle et dispersés. Sur le velours usé jusqu'à la trame de ceux qui restent se dépose un amalgame d'eau de pluie et de plâtre, goutte après goutte, marqueurs de la durée du monde, comme les oiseaux blanchissent de leurs déjections les roches côtières. Vers les premiers rangs, l'eau a préféré le chemin des poutres de la charpente métallique pour ensanglanter d'un camaïeu de rouille l'éventrement de la mousse désagrégée des assises, poussière synthétique pisseuse, neige sale, dissoute, maudite, qui coule, s'infiltre sans crier gare. Je marche lentement pour ne pas me prendre les pieds dans les plis de la moquette décollée. Les motifs des plâtres du plafond sont imprégnés d'auréoles grisâtres, noires, ils s'effritent, se trouent lentement, l'avant-scène est recouverte d'une écume grise et duveteuse. Je ne reconnais plus l'endroit où je travaille : de la laine de verre pend au treillis sectionné de l'arc de scène ; des couches de peinture écaillée s'enroulent sur elles-mêmes, minuscules copeaux aussi légers que les plumes des pigeons qui ont réussi à s'introduire dans le cinéma ; derrière les tentures déchirées, les parpaings des murs apparaissent, les racines du lierre les ont fissurés pour se lover à l'intérieur de la salle, fondations supplémentaires jointes aux minerais et à la pierre, comme des artères et des boyaux gonflés des souvenirs du spectacle disparu.

Je me suis assis au premier rang pour me remémorer l'haleine de la foule hivernale des dimanches après-midi, les rires ou les frissons des soirées de fête, le roulis de l'émotion collective, banale et sacrée, la transformation incessante du lieu à chaque film, sa vibration, ses vies, ses voix qui éclatent au moment du générique de fin, quand les lumières se rallument et autorisent le mélange des conversations à la musique, ce rassasiement fugace mais majoritaire de l'âme par les sens et des sens par l'âme, l'alternance de la sortie de ceux qui savent avec l'entrée de ceux qui ne sont pas pressés de savoir, préfèrent que le moment dure le plus longtemps possible, le cinéma devenu meilleur que la réalité, le calme entre les deux, rythme pendulaire magique que tout le monde accepte aussi bien que le lever et le coucher du soleil. Était-ce un rêve ? Je n'arrive plus à me l'imaginer au milieu de cette salle figée dans le vestige, je ne peux plus y croire.

Unique mouvement, un courant d'air provenant du fond de la scène pousse les derniers lambeaux de toile pendus au cadre de l'écran comme d'immémoriales traces d'araignées et de fantômes décatis qui m'indiqueraient un chemin à prendre. J'évite de glisser sur une flaque d'eau et de passer à travers les lames de bois brisées du plateau de scène pour suivre le vent qui se renforce à mesure que je m'approche. Je ne vois rien d'autre que des gravats à mes pieds, la tempête qui ronge le béton de l'enceinte pour l'ouvrir à elle. Le trou s'agrandit, l'arrière-scène donne sur une forêt dont j'entends la complainte. Au loin, une pâle lueur s'approche, délavée par le déluge. Elle descend d'entre les troncs d'arbres d'une colline invisible. Timide lumière qui frémit comme un feu follet de cimetière. C'est une lanterne, un bras rageur la brinquebale de droite à gauche à droite à gauche dans les convulsions de la forêt. Elle éclaire une gueule de sale môme sous un chapeau, lui donne un air terreux, blême comme une damnation. C'est lui, c'est sa plume, Muley s'approche, fusil à la main, il vient me chercher. Il est temps de le suivre. Il est temps de retourner.

D'un prompt pas, Muley trotte comme le coyote rôdant autour de ses nuits de solitude. Il me guide à travers les obstacles, agile et maître de la situation, il ne parle pas, et s'il m'alerte d'un danger je n'entends qu'un cri haché et détourné par le vent aveugle. J'essaie de me glisser dans sa foulée, de répéter les bons gestes de l'homme des bois, mais je ne sais pas marcher sur le tapis meuble de la forêt, je ne viens pas des grottes et des cailloux, je ne saurais pas faire la différence en plein jour entre la brande, la callune et l'ajonc nain des hauteurs, les saules, les aulnes et les grands hêtres mauves. J'ai frotté mes genoux sur le bitume, le ciment, les gravillons, sur le lino de l'appartement, mon pas est hésitant dans l'herbe haute, je ne sais pas franchir la rivière en été, je ne suis pas chasseur. Muley me rattrape, il me tire vers lui quand un arbre menace de s'abattre sur moi. Tout est resserré au halo de sa lanterne, le chaos du sol, oui il bouge, il bouge. L'eau ruisselant sur mon visage et les verres de mes lunettes, le poids des vêtements détrempés sur ma peau, le froid, mes chairs et mes os tremblent et craquent autant que la forêt monstrueuse, tremblements et craquements et craquements, la turbine des vents grésille, bourdonne, siffle, acouphènes chimériques échappés de toutes les oreilles de l'humanité, ici la furie stridente des rafales, elle me soulève, je m'envole, et ce sentier qui n'en finit pas de monter.

Les clairières sont boueuses en hiver. La terre nue commence à coller à mes chaussures, les pas de Muley se font plus lents, empoissés.

L'arbre roi est mort, déraciné, il brûle haut dans la noirceur brutale du ciel, plus haut encore que lui-même et les montagnes d'arbres que le vent arrache à la forêt. Les animaux en sortent pour se mettre à découvert. Ils se réunissent prudemment et se réchauffent autour des flammes qui se tortillent, se cabrent, en proie aux spasmes d'une fièvre incurable. Les oiseaux ne volent plus, ils se déplacent au sol en sautillant.

Une autre procession s'avance, mon frère à sa tête. Ses petites mains ne sont plus embarrassées, elles dirigent les manœuvres. Le masque a changé. Sa blancheur incandescente se pare des rougeoiements de l'incendie. Comme sur la photo, il me fixe droit dans les yeux, mais la peur et l'amour à l'intérieur de son regard ont disparu. Il a le visage du gardien du feu, du passeur, il a les traits de celui qui accompagne les morts. Lui et les animaux marchant à ses côtés embrassent la clairière d'un œil large et perçant, animés d'une vérité qui m'échappe. Le regard fou de la clairvoyance. Comme Muley, ils ne doutent pas, absorbés par le devoir. Mon frère m'invite à rejoindre la foule de ses compagnons. Des milliers de griffes, de fourrures, de crocs, de plumes, de pattes, de serres réunis portent le corps sans vie du Lion. À sa suite, ma mère en sanglots et mon père obéissent à l'inexorable marche du cortège sous la surveillance de Muley et du canon de son fusil qui veillent au bon déroulement de la cérémonie.

D'un signe de la main, mon frère demande aux animaux de déposer le Lion au pied du foyer. Ma mère se jette à genoux sur lui, la poitrine secouée par les râles de sa détresse, les mains agitées, ne sachant comment saisir le cadavre pour lui redonner vie. Ses cris de malheur n'émeuvent pas le peuple de la forêt. L'arbre roi et le Lion sont morts, les animaux sont libres de répondre à l'appel de mon frère.

Il parle, s'adresse. Il exhorte.

Il implore.

Regarde tes fils, tu es la mère. Aime-les, aime les vivants, seulement eux, aime-nous. Ne te retourne plus. Abandonne ton père, ne lui cède pas, renonce à sa colère et joins-toi à la nôtre. Pour nous il n'est rien, c'est un leurre, tu pleures un fantôme, un inconnu, tu n'as pas le droit, ne répète pas la douleur, ne la ressasse plus, ne la laisse pas te distraire. Accepte qu'elle fleurisse d'autres tombes, ne te perds pas, oublie. Fais l'effort de vivre pour ne pas nous en empêcher.

De deux coups de fusil, Muley tonne le départ de la danse. Les animaux me prennent par les mains et m'entraînent dans une ronde autour du feu. Chaque bête y va de son cri et de son chant, fait cercle ou tourne sur elle-même. La chanson terrible de leur communauté chasse le bruit du vent. Le mouvement ne converge pas vers le brasier mais grandit, gonfle à chaque entrée d'un nouveau danseur. Cette ronde centrifuge attise le feu. Les braises éclatent en d'extraordinaires touffes d'étincelles qui parsèment d'or les fumerolles entrelacées à la voûte nuageuse. La transe nocturne s'élève et mon frère rit à pleines dents, possédé par les pas retrouvés des temps anciens.

La base du foyer s'élargit, des flammèches effleurent peu à peu le corps du Lion. J'aperçois mon père qui emporte ma mère dans la ronde pour l'empêcher de brûler avec la dépouille. Le Lion se consume, disparaît. Le sacrifice a eu lieu et la ronde se brise.

Mon frère arrache l'appareil photo des mains de mon père. C'est à son tour de créer une image.

La photo ne sera pas belle, elle ne sera ni niaise ni innocente. Elle ne sera pas improvisée, le fruit d'une heureuse maladresse. Lui aussi va dresser un tableau de la destruction. Il y met mon père, ma mère, Berthier, De Funès, Louis, la Banque, Gérard Jugnot, Bouygues, Harpagon, les Schtroumpfs, l'État, le Trésor, la Banque de France, le Comité, Sergio Leone, Mme Moirand / Suce-Pastilles, la mendiante, la multitude des quelqu'un, la Justice, la famille de mon père. Muley est allé les trouver. Tous s'avancent en rang docile au bout de son fusil, devant un tas de troncs d'arbres. Ils sont raides, ils ressemblent à ce qu'ils voudraient cacher. Mon frère tient l'appareil. Muley et moi ordonnons la disposition des modèles selon ses directives. Lorsque tout le monde est en place, il s'empare brusquement du fusil et l'arme en nous sommant de les rejoindre. Derrière mon frère, la faune attend. Muley n'est pas de taille à lutter. Il doit se ranger parmi les quelqu'un, et moi, au milieu de la cible, entre ma mère et mon père. Mon frère me rassure. La pose sera rapide. La photo est facile. Elle est folle.

Le vent a faibli.

La lumière dans la salle à manger est revenue. La télé est en veille. Mon frère a raison, moi non plus je ne veux pas finir la nuit dans ma chambre d'enfant.

La tempête n'a pas empêché mes parents de dormir, ils sont dans leur chambre. Toi, ma mère, du côté de la table de nuit, à la maîtrise de la lampe de chevet et du réveille-matin. Toi, mon père, du côté du radiateur et de la fenêtre. Elle t'interdit de fermer complètement les volets sans t'avouer qu'elle aussi a peur du noir. Vous êtes vivants, vous avez retrouvé votre visage, celui que je connais depuis toujours, celui des jeunes et beaux parents que vous étiez quand mon frère et moi grandissions avec vous. Mais je ne savais pas, alors, que vous étiez jeunes. Vous étiez nos parents. Je ne connaissais de vous que ce visage-là, invariable, il grandissait avec moi sans que j'en perçoive les changements. Votre vie était la mienne, vous auriez pu en avoir une autre. Maintenant j'arrive à voir celui d'aujourd'hui, votre vieux visage.

Vous dormez profondément dans votre lit, le même où j'aimais vous rejoindre, poussé par de mauvais rêves. J'aime cette chambre et vous y regarder dormir, je l'ai souvent fait, j'ai souvent vérifié que vous respiriez bien, que vous seriez encore vivants le lendemain et que rien n'aurait changé. Ce soir, cette nuit, vous êtes vivants, mais vous allez mourir bientôt et c'est normal. Votre respiration est devenue bruyante, votre souffle est court, je le sais désormais, je l'entends et j'ai moins peur de vous quitter, d'aimer ailleurs qu'ici. Je me sens bien. Je me sens mieux, plein d'une bonne haine.

CET OUVRAGE
A ÉTÉ MIS EN PAGES PAR NORD COMPO

CET OUVRAGE A ÉTÉ ACHEVÉ D'IMPRIMER
SUR ROTO-PAGE
PAR L'IMPRIMERIE FLOCH À MAYENNE
EN MAI 2025

N° d'imprimeur : 107035
Dépôt légal : août 2025
Imprimé en France